# COMO ME TORNEI FREIRA

SEGUIDO DE

# A COSTUREIRA E O VENTO

César Aira

# COMO ME TORNEI FREIRA

SEGUIDO DE

# A COSTUREIRA E O VENTO

Tradução
ANGÉLICA FREITAS

Prefácio
SÉRGIO SANT'ANNA

Rocco

Título original
CÓMO ME HICE MONJA
LA COSTURERA Y EL VIENTO



Edição brasileira publicada mediante acordo
com Literary Agency Michael Gaeb.

Direitos para a língua portuguesa reservados
com exclusividade para o Brasil à
EDITORA ROCCO LTDA.
Av. Presidente Wilson, 231 – 8º andar
20030-021 – Rio de Janeiro – RJ
Tel.: (21) 3525-2000 – Fax: (21) 3525-2001
rocco@rocco.com.br
www.rocco.com.br

*Printed in Brazil*/Impresso no Brasil

coordenação da coleção
JOCA REINERS TERRON

preparação de originais
JULIA WÄHMANN

CIP-Brasil. Catalogação na fonte.
Sindicato Nacional dos Editores de Livros, RJ.

A254c Aira, César, 1949-
Como me tornei freira seguido de A costureira e o vento/César Aira; tradução de Angélica Freitas. – Rio de Janeiro: Rocco, 2013.
(Otra língua)
14 cm x 21 cm

Tradução de: Cómo me hice monja; La costurera y el viento
Conteúdo: A costureira e o vento/tradução de Angélica Freitas
ISBN 978-85-325-2839-1

1. Ficção argentina. I. Freitas, Angélica. II. Título. III. Título: A costureira e o vento. IV. Série.

CDD–868.99323
13-1419 CDU–821.134.2(82)-3

# Sumário

# O JOGO DAS POSSIBILIDADES INFINITAS

por Sérgio Sant'Anna

A escrita de César Aira é uma escrita límpida, no entanto embutindo um alto grau de sofisticação e um notável senso de humor que levam o leitor a cenários, situações e personagens insuspeitados que resultam num grande prazer para a sensibilidade e inteligência, no reinado do paradoxo.

*Como me tornei freira* é a história de uma menina de 6 anos, que se chama César Aira – e às vezes é menino – e narra com cândida lucidez e graça o mundo cruel ao seu redor, em que seu pai vai para a prisão por assassinar um sorveteiro. Vou me arriscar a dizer que os dois romances breves contidos neste volume lembram Alfred Jarry e sua "Patafísica", ciência das soluções imaginárias. Desafiando os atributos da lógica, entretanto Aira é semanticamente exato, tornando-o diferente de Lewis Carroll, apesar de, como o inglês das menininhas, amar, como disse acima, o paradoxo.

Tudo pode parecer surrealista, mas não encerremos Aira em um rótulo, digamos, sim, que ele joga um jogo de possibilidades infinitas. César Aira não é apenas surrealista, porque é único, não se parece mesmo com ninguém, embora André Breton e Raymond Roussel sejam citados em *A costureira e o vento*, assim como o jogo dos *cadáveres exquisitos*, jogado pela confraria surrealista.

São também romances de aventura os dois contidos neste volume, mas já estou arrependido da comparação do parágrafo acima, porque Aira não deve ser explicado, talvez nem prefaciado.

Mas pode-se dizer sem medo que o leitor ao entrar aqui deve abdicar de toda esperança de habitar um mundinho de fábulas corriqueiras, com algum tipo de moral. Aira nos desafia o tempo todo, e garanto ao leitor que ele nunca mais será o mesmo depois desta leitura.

Vivendo no território de uma das tradições literárias mais ricas do mundo, a argentina, César Aira consegue ser único dentro dela, embora transite em cotidianos familiares, no sentido exato da palavra, mas transfigurados a partir de certo momento. E é sabido que Aira adora surpreender o leitor, dando-lhe uma coisa, quando parecia dar-lhe outra, como no romance *Noites de flores*. Ao ler César Aira, é como se víssemos o mundo pela primeira vez. E não sou louco de dar explicações por que Aira se tornou freira. Aliás, este prefácio é uma tentativa de não explicar ou mesmo contar qualquer coisa, porque as coisas que aqui estão, só lendo-as. Pois como tirar explicações do fato de uma menina não suportar sorvete de morango, que acaba por se mostrar extremamente venenoso, letal? E, como somos informados pelo título do romance, este fato inicial está na raiz mesma de ela tomar o hábito, se de fato o tomar e não chegar ao termo de si própria, sem perder a lucidez. E volto ao relato *A costureira e o vento* para ver que o termo *coisa* agrada a Aira, pois está escrito e reescrito no início de *A costureira... Poderia ser qualquer coisa, deveria ser qualquer coisa mesmo, qualquer capricho, ou todos, se uns começam a se transformar nos outros... Desta vez, quero me permitir todas as liberdades, até as mais improváveis...* E olhem que quando César Aira diz uma coisa dessas...

Então não é de admirar que os personagens deste segundo romance vão parar na desértica Patagônia, no meio de uma corrida de caminhões e um Chrysler e também de um vestido de noiva e ainda uma borboleta presa a um espelho retrovisor, todos e tudo à procura de um menino desaparecido. E eis que surge o vento (Ventarrón) como personagem fundamental desta história, assim como um monstro que é concebido da forma mais mirabolante no meio da catástrofe. Isso depois de se reunirem numa espécie de cassino no meio do deserto, onde a sorte de todos é lançada. Como a sua sorte, leitor, ao abrir este livro. Mas não se preocupe que você só poderá terminar ganhando.

Já se disse de César Aira que é um excêntrico, não apenas por sua literatura, mas também por seu comportamento, o que o tem levado a choques com escritores e a imprensa do seu país, enquanto com os brasileiros mantém uma relação reciprocamente cordial, admirador confesso que é de Machado de Assis, Dalton Trevisan e João Gilberto Noll. Mais um motivo, garantimos, para os que não o leram fazerem-no pela primeira vez neste volume. Já para os que o conhecem, não custa dizer que, novamente, ficarão agradavelmente surpreendidos, para não dizer perplexos, com a escrita deste argentino capaz de juntar num mesmo livro doses da mais fina cultura com fofocas ao gosto folhetinesco, sempre temperadas com doses de candura e cinismo.

# COMO ME
# TORNEI FREIRA

# 1

Minha história, a história de "como me tornei freira", começou muito cedo na minha vida. Eu tinha acabado de fazer 6 anos. O começo foi marcado por uma lembrança vívida, que posso reconstruir nos mínimos detalhes. Antes disso, não há nada: depois, tudo foi formando uma só lembrança vívida, contínua e ininterrupta, incluindo os períodos de sono, até que tomei o hábito.

Tínhamos nos mudado para Rosário. Passamos meus primeiros anos – papai, mamãe e eu – numa cidadezinha na província de Buenos Aires da qual não guardo lembrança alguma e à qual não voltei mais: Coronel Pringles. A grande cidade (era o que Rosário nos parecia, vindos de onde vínhamos) nos causou uma enorme impressão. Meu pai não demorou mais que dois dias para cumprir uma promessa que me fizera: levar-me para tomar um sorvete. Seria o meu primeiro, pois em Pringles eles não existiam. Ele, que em sua juventude havia conhecido cidades, tinha me feito mais de uma vez o elogio dessa guloseima, que recordava como deliciosa e festiva, embora não conseguisse explicar seu encanto com palavras. Tinha-a descrito, muito corretamente, como algo inimaginável para o não iniciado, e isso bastou para que o sorvete fincasse raízes na minha mente infantil e nela crescesse até tomar as dimensões de um mito.

Fomos caminhando até uma sorveteria que havíamos encontrado no dia anterior. Entramos. Ele pediu um sorvete de cinquenta centavos, de pistache, creme e de kinkan ao uísque, e para mim, um de dez centavos, de morango. A cor rosa me fascinou. Eu estava bem-disposta. Adorava meu pai. Venerava tudo o que vinha dele. Sentamos num banco na calçada, sob as árvores que havia no centro de Rosário, naquela época: plátanos. Observei como fazia papai, o qual em segundos tinha dado conta do topete de creme verde. Enchi a colherzinha com extremo cuidado e a levei à boca.

Bastou que as primeiras partículas se dissolvessem na minha língua para eu passar mal de tanto nojo. Nunca havia provado nada tão repugnante. Eu era bastante difícil com comida, e a comédia do nojo não tinha segredos para mim quando eu não queria comer; mas isto superava tudo o que já havia experimentado; meus piores exageros, incluindo os que nunca havia me permitido, estavam amplamente justificados. Por uma fração de segundo pensei em dissimular. Papai tinha tanta esperança de me fazer feliz, e isso era tão raro nele, um homem distante, violento, sem ternura aparente, que me pareceu um pecado desperdiçar a oportunidade. Passou pela minha cabeça a atroz alternativa de engolir todo o sorvete só para agradar-lhe.

Era um dedal, o menor copo, para crianças, mas agora me parecia uma tonelada.

Não sei se meu heroísmo teria chegado a tanto, mas nem sequer pude colocá-lo à prova. O primeiro bocado desenhou no meu rosto uma careta involuntária de nojo que ele não pôde deixar de ver. Foi uma careta quase exagerada, que conjugava a reação fisiológica e seu acompanhamento psíquico de desilusão, medo e a trágica tristeza de não poder seguir papai nem mesmo neste caminho de prazeres. Teria sido insensato tentar escondê-lo; nem mesmo hoje eu conseguiria, porque essa careta não se apagou do meu rosto.

– O que é que há?

Seu tom de voz já continha tudo o que viria depois.

Em circunstâncias normais, o choro teria me impedido de responder. Sempre tinha as lágrimas à flor dos olhos, como tantas crianças hipersensíveis. Mas a volta do gosto horroroso, que havia descido até a minha garganta e agora retornava feito uma chicotada, me produziu um choque a seco.

– Ghhg...

– O que foi?

– É... ruim.

– É o quê?

– Ruim! – gritei, desesperada.

– Não gostou do sorvete?

Lembrei que no caminho ele tinha me dito, entre outras coisas carregadas de uma agradável expectativa: “Vamos ver se você vai gostar de sorvete." Claro que, ao dizer isso, ele dava como certo que sim, eu gostaria. Qual criança não gosta? Existem aquelas que, já adultas, lembram de sua infância como um prolongado pedido de sorvetes e pouca coisa mais. Por isso, agora, sua pergunta tinha um tom de incrédulo fatalismo, como se dissesse: "Você tinha que me decepcionar nisto também."

Vi a indignação e o desprezo crescerem em seus olhos, mas ainda se conteve. Decidiu me dar mais uma chance.

– Tome. É gostoso – disse e, para o demonstrar, levou à boca uma colherada cheia do seu sorvete.

Já não podia retroceder. Não tinha jeito. De certa forma, eu não queria retroceder. Percebia que minha única saída àquela altura era mostrar-lhe que o que eu tinha nas mãos era nojento. Olhei para o cor-de-rosa do sorvete com horror. A comédia se aproximava da realidade. Pior: a comédia se tornava realidade, diante de mim, através de mim. Senti uma vertigem, mas não podia retroceder.

– É ruim! É uma porcaria! – quis entrar em pânico. – É nojento!

Ele não disse nada. Olhava para o vazio diante de si e tomava o sorvete rapidamente. Eu havia errado o enfoque de novo. Mudei-o, com atônita precipitação.

– É amargo – eu disse.

– Não, é doce – respondeu, com uma suavidade contida, impregnada de ameaça.

– É amargo! – gritei.

– É doce.

– É amargo!!

Papai já tinha renunciado a toda satisfação que pudesse esperar daquele passeio, da comunhão de gostos, da camaradagem. Isso ficava para trás, e que ingênuo de sua parte – ele deveria estar pensando – ter acreditado que seria possível! No entanto, e só para afundar mais sua própria ferida, deu-se ao trabalho de me convencer do meu erro. Ou de se convencer de que eu era o seu erro.

– É um creme doce com gosto de morango, saborosíssimo.

Eu negava com a cabeça.

– Não? Então que gosto tem?

– É horrível!

– Para mim é muito gostoso – disse, tranquilamente, e engoliu outra colherada. Sua calma me assustava mais do que qualquer outra coisa. Tentei fazer as pazes por vias tortas, o que me era típico:

– Não sei como você pode gostar dessa porcaria – tentei fazer um leve tom de admiração.

– Todo mundo gosta de sorvete – disse, lívido de fúria. A máscara de paciência caía, e não sei como eu ainda não tinha começado a chorar. – Todo mundo menos você, que é um idiota.

– Não, papai! Eu juro...!

– Tome esse sorvete. – Frio, categórico. – Comprei para isso, bobalhão.

– Mas não consigo...!

– Tome. Prove-o. Você nem o provou.

Arregalando bem os olhos, por ter minha honestidade questionada (teria que ser um monstro para mentir por gosto), exclamei:

– Juro que é horrível!

– Como pode ser horrível? Prove.

– Já provei! Não consigo!

Alguma coisa lhe ocorreu, e ele voltou a um nível mais condescendente:

– Sabe o que deve ser? O frio lhe incomodou. Não o gosto, o frio. Mas você já vai se acostumar e ver como é gostoso.

Aferrei-me a essa possibilidade ardentemente. Quis acreditar nela, que não teria me ocorrido em mil anos. Mas, no fundo, sabia que não valia a pena. Não era assim. Não costumava tomar bebidas geladas (não tínhamos geladeira) mas as havia provado e sabia bem que não era o caso. Coloquei um pouquinho de sorvete na ponta da colherzinha, com grande precaução, e a levei à boca mecanicamente.

Parecia mil vezes mais nojento que da última vez. Teria cuspido se soubesse como. Nunca aprendi a cuspir a distância. O sorvete me escorreu pelos cantos dos lábios.

Papai tinha seguido de esguelha cada um de meus movimentos, sem deixar de tomar seu sorvete em grandes colheradas. As três camadas de diferentes cores desapareciam rapidamente. Usando a colherzinha, amassou o sorvete de creme, nivelando-o com a borda do copo de wafer. Depois, começou a comê-lo. Eu não sabia que se podia comer esses copinhos, e me pareceu uma manifestação de selvageria que atravessou a superfície do meu espanto. Comecei a tremer. Senti o choro chegar. Ele falou comigo de boca cheia:

– Prove *bem*, idiota! Uma boa porção, para que sinta o gosto.

– Ma... mas...

Já tinha terminado o seu. Atirou a colherzinha na rua. Era um milagre que não a tenha comido também, pensei. Com as mãos livres, voltou-se para mim, e eu soube que o céu estava desabando na minha cabeça.

– Tome-o de uma vez! Não vê que está derretendo?

De fato, o copo de sorvete se tornava líquido, e uns pequenos riachos cor-de-rosa corriam pela borda do copinho e pingavam sobre minha mão e braço, e sobre minhas pernas magras, debaixo da calça curta. Isso me imobilizava definitivamente. Minha angústia crescia de modo exponencial. O sorvete me parecia o mais cruel dispositivo de tortura já inventado. Papai arrancou a colherzinha da minha outra mão e cravou-a no sorvete de morango. Levantou-a, bem cheia, e aproximou-a da minha boca. Minha única defesa teria sido fechá-la e não voltar a abrir nunca mais. Mas não podia. Abri a boca, redonda, e a colherzinha entrou. Pousou na minha língua.

– Feche.

Fechei. As lágrimas já cobriam meus olhos. Ao apertar a língua contra o palato e sentir o creme se desfazer, um soluço se formou em meu corpo inteiro. Não fiz menção de engolir. O nojo me inundava, explodia no meu cérebro feito um raio. Outra colherada bem cheia estava a caminho. Abri a boca. Já estava chorando. Papai pôs a colherzinha na minha outra mão.

– Continue, você.

Me engasguei, tossi, e comecei a chorar aos berros.

– Agora você está fazendo manha. Faz isso comigo de propósito.

– Não, papai! – gaguejei, de modo ininteligível. Soava: "Pa nã pa nã nã pa."

– Você não gosta? Hein? Não gosta? Não vê que é um idiota? – Chorei. – Responda. Se você não gosta, não há problema. Jogamos tudo no lixo e pronto.

Dizia isso como se fosse uma solução. O pior era que papai, por ter tomado seu sorvete tão depressa, estava com a língua inchada e falava de uma maneira que eu nunca tinha ouvido antes, com uma falta de jeito que o fazia parecer mais feroz, mais incompreensível, muito mais temível. Eu achava que era a raiva que lhe endurecia a língua.

– Me diga por que você não gosta. Todos gostam, menos você. Me diga o motivo.

Inacreditavelmente, pude falar; mas tinha pouco a dizer.

– Porque é ruim.

– Não, não é ruim. Eu gosto.

– Eu não – implorei.

Ele agarrou meu braço e levou a mão com a colherzinha até o sorvete.

– Tome e vamos embora. Por que eu lhe trouxe mesmo?

– Mas eu não gosto! Por favor, por favor...

– Está bem. Nunca mais vou lhe comprar outro. Mas tome este.

Enchi a colherzinha mecanicamente. Só de pensar que esse suplício continuaria, me sentia desfalecer. Já não tinha forças. Chorava sinceramente, sem pudor. Por sorte, estávamos sozinhos. Ao menos dessa humilhação papai se livrou. Estava calado, não se mexia. Ele me olhava com o mesmo nojo profundo, visceral, com que eu considerava o meu sorvete de morango. Queria lhe dizer algo, mas não sabia o quê. Que não gostava de sorvete? Já tinha dito. Que o sabor do sorvete era nojento? Também já tinha dito, mas era algo que não valia a pena dizer, que mesmo depois de haver dito continuava em mim, incomunicável. Como ele gostava de sorvete, parecia-lhe uma delícia. Tudo seria impossível, para sempre. O choro me dobrou, me quebrou. E não podia esperar nenhum consolo. A situação era inexprimível pelos dois lados. Ele também não podia me dizer o quanto me desprezava, o quanto me odiava. Desta vez, eu tinha ido longe demais. Suas palavras não me alcançariam.

# 2

A discussão, como disse ao terminar o capítulo anterior, tinha chegado ao seu fim, se é que se pode falar em discussão. Tínhamos caído num silêncio que nem sequer o ruído entrecortado dos meus soluços alterava em profundidade. Meu pai era uma estátua, um bloco de pedra. Abalada, trêmula, úmida, com o copo de sorvete numa mão e a colherzinha na outra, o rosto vermelho e enjoado num ricto de angústia, eu não estava menos imóvel. Estava mais, atada a uma dor que me superava amplamente, dando com a minha infância, com a minha pequenez, a medida do universo. Papai não insistiu mais. Meu último e definitivo recurso teria sido terminar por minha conta o sorvete, encontrar seu gosto ao final, superar a situação. Mas era impossível. Não precisava que me dissessem. Nem sequer precisava pensar nisso. Em minha suprema impotência, tinha firmemente dominadas as rédeas do impossível. A rua vazia sob os plátanos, o calor asfixiante do janeiro rosariense devolviam o eco aos meus soluços. Na quietude, o sol fazia desenhos de luz. De mim caíam lágrimas inumeráveis, e o sorvete se derretia copiosamente, os fios cor-de-rosa corriam por mim até o cotovelo, de onde pingavam até a perna.

Mas não há situação que se eternize. Sempre acontece algo mais. O que ocorreu depois veio do meu corpo, das profundezas, sem preparação alguma por meio da vontade ou da deliberação. Uma ânsia sacudiu meu plexo. Foi uma coisa grotesca, caricatural. Era como se algo em mim quisesse demonstrar que tinha enormes reservas de energia, prontas a se desencadear a qualquer momento. Em seguida, veio outra, mais exagerada ainda. Às muitas camadas do meu medo, adicionava-se a de ser refém de um mecanismo físico incontrolável. Papai me olhou como se voltasse de muito longe:

– Chega de farsa.

Outra ânsia. Mais outra. Outra. Era uma série. Todas secas, sem vômito. Pareciam as freadas de um carro alucinado. Freadas diante do abismo, porém repetidas, como se o abismo se multiplicasse.

Um interesse surgiu no rosto de papai. Eu conhecia tão bem aquele rosto, azeitonado, redondo, com a careca prematura, o nariz aquilino, que minha irmã herdou, eu não, o espaço excessivo entre o nariz e a boca, que ele dissimulava com um bigode bem aparado. Conhecia tão bem que nem precisava lhe olhar. Era um homem previsível. Ao menos para mim. Eu também devia ser previsível para ele. Mas as ânsias o tinham surpreendido. Via-as quase como se eu tivesse me materializado, como se eu tivesse saído dele, de seu destino. Eu continuava na minha. Ânsia. Ânsia. Ânsia.

Por fim, diminuíram, sem que eu tivesse chegado a vomitar. Já não chorava. Continha-me, aferrava-me a uma triste paralisia. Outra ânsia remanescente. Um soluço hepático.

– Mas será possível, *la puta madre que te parió*...

Hesitava um pouco. Devia estar pensando em como faria para me levar para casa. Não sabia, pobre papai, que não me levaria para casa nunca mais. Embora eu tenha certeza de que, se alguém tivesse lhe dito isso naquele momento, ele teria sentido alívio.

Com todas as sacudidas, sem soltar o copinho nunca, eu tinha me salpicado de sorvete dos pés à cabeça, incluindo a roupa. De modo que sua primeira medida foi tirá-lo de mim. Fez isso ele mesmo, com a colherzinha da outra mão. Eu era muito pequena, muito miúda, inclusive para os meus 6 anos recém-feitos. Papai era um homem grande, sem ser corpulento. Mas tinha dedos compridos e finos (que eu, sim, herdei) e me aliviou das minhas duas cargas com precisão. Procurou um lugar para jogá-las fora. Mas na verdade não procurava, porque não deixava de me olhar. Então, fez algo surpreendente.

Pôs a colher no copo, no resto do pequeno sorvete rosa já meio líquido, mas ainda administrável, encheu-a e levou até a boca. Não insultarei a memória de meu pai dizendo que ele não queria desperdiçar o sorvete já pago. Tenho certeza de que não era esse o caso. Podia ter atitudes tacanhas, como todos nós temos, mas não numa ocasião como aquela. Em sua simplicidade de homem de cidade pequena, era coerente. Tenho certeza de que não concebia nem sequer a possibilidade de complicar a tragédia. Prefiro pensar que ele quis se deliciar, uma só vez, numa só colherada, com o mais puro sabor do sorvete de morango. Como uma última, sublime, secreta confirmação.

Mas aconteceu uma reviravolta. Ele franziu o rosto imediatamente numa careta de nojo e cuspiu com força. Era nojento! Eu estava fora de órbita (estava fora de órbita desde antes, por causa das ânsias) e enxergava tudo duplicado ou triplicado. A sensação familiar do triunfo, o triunfo dos fracos, de ver que lhes dão razão *depois* do irremediável, foi o que deve ter me deslocado. Teve alguma coisa disso, talvez, porque o hábito é forte. Mas não me senti deslocada. Na verdade, não entendia bem o que podia estar acontecendo. Estava tão absorvida pelo desastre que procurava outra explicação, mais barroca, um aperfeiçoamento dela, que não anulasse o que passou, como qualquer pessoa sã teria tendência a fazer.

Levou o copinho até o nariz e cheirou-o com força. Sua cara de nojo se intensificou. Houve esse impasse de movimentos imperceptíveis que anunciam a entrada em ação. Ele não era um homem de ação; nesse aspecto, era normal. Mas a ação às vezes se impõe. Não me olhou. Durante tudo o que aconteceu depois, nessa tarde funesta, não me olhou novamente. Ainda que eu fosse um espetáculo considerável. Nem uma só vez voltou seus olhos para mim. Um olhar seria equivalente a uma explicação, e já era impossível que nos explicássemos. Levantou e entrou na sorveteria, me deixou sozinha no banco da calçada, chorosa e suja. Mas eu fui atrás dele.

– Senhor...

O sorveteiro levantou os olhos da revista *Tony*. Quis preparar seu rosto porque adivinhou que teria problemas, e não conseguia imaginar de que índole eram.

– Esta merda de sorvete que o senhor me vendeu está estragada.

– Não.

– Como não, *carajo*?

– Não, senhor, todo sorvete que vendo é fresco.

– Bem, este está podre.

– Qual? O de morango? Chegou esta manhã.

– Não me importa. *Mierda!* Isto aqui está podre!

– Mais fresco, impossível – o homem insistiu. Procurou rapidamente entre as tampas de alumínio dos baldes alinhados no balcão e abriu uma delas. – Aqui está, fechado. Abri-o agora, para o senhor.

– Mas será possível!

– Que culpa eu tenho se o menino não gostou?

Papai estava vermelho de raiva. Entregou-lhe o copinho.

– Prove-o.

– Eu não tenho por que provar nada.

– Não... O senhor vai provar e vai me dizer se...

– Não grite comigo.

Apesar dessa sugestão sensata, os dois estavam gritando.

– Vou te denunciar.

– Não me faça rir.

– Mas quem o senhor acha que é?

– Não, quem o senhor acha que é?

Na verdade, tinham chegado a uma competição entre vontades. Isso impedia que o problema encontrasse sua solução natural. Meu pai deveria saber que, se tivesse provado o sorvete de morango desde o início, as coisas não teriam ido tão longe. Mas não o fez, e agora lhe davam o troco na mesma moeda, de que não podia ver senão o reverso, o da malevolência. Percebi que estava disposto a fazê-lo provar à força. O outro, por sua vez, se deparava com uma alternativa em que acreditava ter todas as chances de vencer. Podia provar o sorvete, perceber ou não algum sabor estranho, ligeiramente amargo ou medicinal, e embarcar numa discussão interminável sobre o incomunicável ou o indecidível. Nesse momento, entraram dois meninos. O sorveteiro olhou para eles com a vitória estampada no rosto.

– Dois de um peso.

Os de um peso eram grandes, de quatro sabores. Dois pesos naqueles anos eram algo. A cena mudava radicalmente. Agora, colocava a sorveteria sob a luz da prosperidade, da normalidade, o vasto mundo entrava na figura destes adolescentes. Ficava para trás a figura sinistra do louco reclamando por um matiz de sabor de um sorvete de dez centavos. Essa abertura da situação significava novas regras, regras de racionalidade, que tinham estado faltando. Toda relação, incluindo (e sobretudo) a minha com papai, tinha suas regras. Mas também existiam as regras gerais do jogo, do mundo. O sorveteiro percebeu isso com rapidez, e foi a última coisa que percebeu. Sem mudar o seu jeito triunfante, disse:

– Vamos ver o que há de errado com esse sorvete de morango.

Dirigia-se mais aos recém-chegados do que a papai. Era sua demonstração definitiva de domínio. Meu pai continuava com o patético copinho de sorvete derretido na mão. O outro não provaria essa porcaria: provaria o seu sorvete bom do balde, fresco e virgem. Papai se inquietou. Sentia-se derrotado.

– Não, prove este... – disse. Mas o disse sem verdadeira convicção. Não tinha a razão do seu lado. E, ao mesmo tempo, tinha. Apesar de tudo, era conveniente que se reservasse essa carta. Se o sorvete do balde se revelasse adequado, restava-lhe o recurso do copinho.

O sorveteiro levantou a tampa, pegou uma colherzinha limpa, raspou o sorvete superficialmente e a levou à boca feito um conhecedor. A cara de nojo foi instantânea e automática. Cuspiu para o lado.

– Tem razão. Está estragado. Não o tinha provado antes.

Falou como se fosse assim mesmo, a coisa mais natural do mundo. Não pensava em pedir desculpas. Na verdade, não cabiam. Foi demais para papai. O ódio, o instinto destrutivo, fez-se presente com a contundência de uma marretada.

– Vai falar assim comigo? Depois de...

– Não se altere! Que culpa eu tenho?

Àquela altura, a única coisa que lhes restava para prosseguir era a violência mais desenfreada. Não retrocederam. Papai se atirou sobre o balcão, a esbofeteá-lo. O sorveteiro se guarneceu atrás da caixa registradora. Os dois meninos saíram correndo, passaram por mim (eu estava pregada no umbral, fascinada, costurando de modo doentio as diferentes lógicas que se sucediam na controvérsia) e assistiram do lado de fora. Papai tinha pulado para o outro lado do balcão e dirigia todos os seus socos à cabeça do rival. O sorveteiro era gordo, desajeitado, não atinava em devolver os socos, apenas em se cobrir, só isso. Papai gritava feito um energúmeno. Estava fora de si. Um cruzado que acertou por acaso em plena orelha fez o sorveteiro girar noventa graus. Quando ficou de costas, papai agarrou-o pela nuca, com as duas mãos, atingiu-o com o corpo todo (parecia que o violentava) e meteu a cabeça dele no balde de sorvete de morango, que tinha ficado aberto.

– Vai tomar, sim! Vai tomar!

– Não! Tirem-no... ggh... de cima de mim...!

– Vai to...

– Gggh...!!

– Vai tomar!

Com força hercúlea, afundava a cara dele no sorvete, apertando-a cada vez mais. Os movimentos da vítima tornaram-se espasmódicos, mais espaçados... até que cessaram por completo.

# 3

Nunca fiquei sabendo como saí da sorveteria, como me tiraram de lá... o que aconteceu... Perdi a consciência, meu corpo começou a se dissolver... literalmente... Meus órgãos tornaram-se viscosos... farrapos pendurados de necroses pétreas... verdes... azuis... A única vida que produziam era a ardência fria da infecção... da decomposição... inchaços... montes de gânglios... Um coração do tamanho de uma lentilha, duro de frio, batendo em meio aos despojos... um assovio irregular na traqueia retorcida... Nada mais.

Eu tinha sido vítima dos temíveis cianuretos... A grande maré de intoxicações alimentares letais que naquele ano varria a Argentina e países vizinhos... O ar estava carregado de medo, porque atacavam quando menos se esperava, o mal podia vir em qualquer alimento, mesmo os mais naturais... batata, abóbora, carne, arroz, laranja... Comigo, foi o sorvete. Mas mesmo a comida feita em casa, com amor... podia ser veneno... As crianças eram as mais afetadas... não resistiam... As donas de casa se desesperavam. A mãe matava seu bebê com a papinha... Era uma loteria... Tantas teorias contraditórias... Tantos tinham morrido... Os cemitérios enchiam-se de pequenas lápides com inscrições carinhosas... O anjo voou para os braços do Senhor... Assinado: seus pais inconsoláveis. Eu até que paguei barato. Sobrevivi para contar a história... Mas a um preço muito alto, de qualquer forma... Por alguma razão dizem: o barato custa caro.

A doença se fez duplamente em mim. Eu devia ter esperado... no caso inconcebível de que pudesse esperar algo. O mal se manifestou com uma espécie de equivalência cruel. Enquanto meu corpo se retorcia nos suplícios da dor, minha alma estava em outro lugar, onde, por motivos diferentes, sofria igualmente. Minha alma... a febre... Naquela época não se costumava baixar a febre com medicamentos... Deixavam que cumprisse seu ciclo, interminavelmente. Estava num delírio constante, tinha tempo de sobra para elaborar as histórias mais barrocas... Suponho que houvesse altos e baixos, mas se sucediam com uma intensidade única, de invenção... As histórias se fundem numa só, que era o avesso de uma história... Porque eu não tinha mais história do que a minha angústia, e as fantasmagorias não pousavam, não se organizavam... Não me permitiam nem sequer entrar, me perder nelas...

Um dos avatares da história era a inundação. Eu estava em casa... Na casa de Pringles que havíamos deixado quando nos mudamos para Rosário... Que já não era nossa e onde não voltaríamos a morar. A água subia, e eu, na cama, olhava para o teto, paralisada... Nem mesmo podia mexer a cabeça para ver a água... Mas no teto se refletiam as ondulações esbranquiçadas da enchente... Era uma ficção saída do nada, porque nunca tínhamos estado perto de uma inundação...

Outro: eu oferecia bombons envenenados à minha família... Cobertura de chocolate, uma camada finíssima de vidro, e, dentro, uma solução de arsênico e álcool... Não havia antídoto... Era irreversível... Papai aceitava um bombom, mamãe também... Eu queria voltar atrás, me arrependia, mas já era tarde... Eles morreriam... A polícia não teria problemas em investigar a causa... Me interrogariam... Eu decidia confessar tudo, chorar mares, deixar que as águas me arrastassem... Mas nem mesmo a morte poderia me consolar, porque como viveria sem papai e mamãe? E o pior é que nunca se tinha visto uma filha matar seus pais... Nunca...

Outro (mas eram as diferentes faces de um mesmo pesadelo): um animal nadava dentro da casa inundada, uma lontra... Mordia os nossos pés se tentássemos caminhar na água que subia... Se minha mão resvalasse do lençol, comeria meus dedos, um por um...

Mais outro: eu continuava paralisada, a cabeça apoiada num travesseiro alto, e minha mãe abria o armário com portas de vidro verde que havia em frente à cama, onde eu guardava os meus livros... Na verdade, não tinha livros, era muito pequena, não sabia ler... O pânico me cortava a respiração. O que mamãe tinha ido buscar no armário? Será que sabia...? Aproveitava a minha impotência para... A qualquer momento o encontraria... meu segredo... Pare, mamãe! Não faça isso! Vai lhe causar dor, a maior dor de sua vida! Sua dor será tão grande quanto a minha vergonha, o meu espanto...

Não preciso dizer que não tinha nenhum segredo... Nunca tive segredos, e ao mesmo tempo tudo era segredo, mas segredo involuntário... O delírio determinava o modelo, e algo mais que o modelo... Mamãe remexia no armário... em meio à inundação... em vez de adotar medidas mais práticas, como me tomar nos braços e me deixar a salvo, numa corrida desabalada pelas planícies inundadas! Eu a odiava por isso... Ela continuava procurando, alucinada, embora a lontra, de repente minha cúmplice, roesse seus tornozelos submersos... E eu sabia, além do mais, que lhe restavam minutos de vida, apenas, o veneno já estaria fazendo efeito... Se é que tinha comido o bombom, e tomara que o tivesse comido!

Tomara... Enfim... Mas não. Não era questão de que isto ou aquilo acontecesse... Era uma combinação, ou melhor, uma ordem... Os fatos se ordenavam de outro modo... Repetiam-se... Ou melhor, derivavam... Nos piores momentos, eu me perguntava: estou louca?

Por cima dessas histórias se suspendia outra, mais convencional de certo modo, ao mesmo tempo mais fantástica. Funcionava fora da série, como um "fundo", o tempo todo. Era uma espécie de conto minucioso... um episódio de terror, muito preciso e com detalhes arrepiantes... A angústia que me provocava fazia o delírio quadripartido parecer uma diversão de fim de semana, em comparação...

Só que não era um detalhe, um relâmpago num céu de tempestade... Era tudo o que me acontecia... tudo o que me aconteceria numa eternidade que não havia começado nem terminaria nunca... Eu estava desenhada num livrinho de contos de fadas, tinha virado mito... E via tudo do lado de dentro.

Do lado de dentro... Estava sozinha em casa. Papai e mamãe tiveram que ir a um velório e me deixaram trancada... Naquela velha casinha de Pringles, onde já não vivíamos... sozinha com minhas quatro historietas dando voltas pela cabeça... minha coroa de espinhos... As duas portas estavam trancadas, as persianas de madeira das janelas estavam baixadas... um cofre para o tesouro de vida que meus pais tinham: eu. O realismo era minucioso, hermético... Mas quando digo que estava só, que a casa estava fechada, que era de noite... não são circunstâncias, são elementos soltos com os quais montar uma série... A série era exterior (a inundação, a lontra, os bombons, o segredo) e esgotava todas as reservas delirantes da minha febre... Aqui já não restava nada além do bloco de realidade intratável, o furioso verossímil...

Tinham me recomendado seriamente que não abrisse para ninguém, sob circunstância alguma. Como se fosse necessário! Disso dependia minha vida e algo mais. Nunca tinham me deixado sozinha antes (na verdade, nunca o fizeram), mas isto era de força maior... A primeira vez sempre assusta, pelo que pode acontecer... Eu estava segura de mim mesma, a ordem era simples... Não abrir. Podia fazer isso. Era fácil. Podiam confiar em mim. Além disso, quem viria, à meia-noite? Minha vida dependia disso, minha integridade... Quem, quem, quem podia vir?

Mas me chamavam na porta da rua! Batiam nela como se a quisessem derrubar! Não só chamavam: queriam entrar... Para que iriam querer entrar se não para me assassinar? E eu estava sozinha... Deveriam saber... sabiam perfeitamente, por isso tinham vindo... Eram ladrões, vinham saquear a casa, na mais benévola das hipóteses... Estava em minhas mãos impedir isso, mas minhas mãos eram tão fracas... Tremia feito gelatina, detrás da porta... Por que tinham me deixado sozinha? O que era tão importante para que eles tivessem que me abandonar?

O pior é que... eram eles... Eram papai e mamãe os que estavam chamando na porta! Os dois monstros tinham assumido a forma de papai e mamãe... Não sei como os enxergava, suponho que pelo buraco da fechadura, que eu alcançava ficando na ponta dos pés... Eu me arrepiava dos pés à cabeça, me congelava... ao vê-los tão idênticos... tinham roubado seu rosto, a roupa, o cabelo... de papai muito pouco, porque era careca, mas os cachos ruivos de mamãe... Eram símiles perfeitos, sem erros... O trabalho que tiveram! Esses seres que não tinham forma, ou que não a revelavam para mim... esses simulacros... suas péssimas intenções... O espanto me gelava o sangue, não podia pensar...

Sacudiam a porta com fúria, não sei como não vinha abaixo... Gritavam meu nome, fazia horas que o estavam gritando... com as vozes de papai e mamãe... As vozes também! Um pouco alteradas, um pouco roucas... Tinham tomado conhaque no velório, não estavam acostumados... ficavam loucos... Tinham perdido a chave, ou a tinham esquecido... uma coisa assim... a mentira era tão transparente... Eles me insultavam! Me diziam coisas feias! E eu chorava de horror, muda, paralisada...

Papai pulava o muro do pátio, ia até a porta da cozinha, começava a bater, a chutar... Eu atravessava a casa escura feito uma sonâmbula, parava na frente da outra porta, pedia a Deus que resistisse... Escutava minha prece, pela primeira vez... Voltava à porta da rua...

E mesmo se eu quisesse abrir para eles, como fazê-lo? Estava trancada, eu não tinha a chave... Ou tinha?

Isso era secundário. Eu queria ou não queria abrir para eles? É claro que não. Não me enganavam... Ou me enganavam? Como saber? Eram exatamente como meus pais, mais reais que a realidade... Não tirava o olho do buraco da fechadura, bebia essa cena irreal... Mas, dentro da irrealidade, eram eles, eles mesmos, meus pais... Não só na máscara como nos gestos, nos tiques, no estilo, em suas histórias... Esse era o meu modo de ver meus pais, sobretudo papai... com mamãe era outra coisa... eu o via não na pessoa exterior, como qualquer um podia vê-lo... via seu modo de ser, seu passado, suas reações, seu raciocínio... mamãe também, na verdade. E não porque eu fosse especialmente perspicaz, mas porque eles, por serem meus pais, não tinham forma, ou não a revelavam para mim... negavam-se a fazer isso... foi a tragédia da minha infância e de toda a minha vida... Meu olhar não podia se deter na visão, lançava-se mais além, até um abismo, e eu ia atrás...

As batidas eram estrondosas, a casinha estremecia em suas bases... os gritos se intensificavam... me diziam todas as verdades que podiam dizer... já sem palavras... não importava, porque eu não entendia, de qualquer forma... Mas você não vê que somos nós? Não vê que somos nós, idiota? Idiota!

Não! Meus pais não me tratariam assim... eles me amavam, me respeitavam... E mesmo assim... às vezes ficavam nervosos... eu era uma criança difícil... uma criança problemática, de certa forma... Os invasores se aproveitavam disso... toda a maldade do mundo era uma argila com a qual esses dois bonecos atrozes tinham sido feitos...

O que seria de mim? Cairia em suas mãos? Entrariam? Teria um ataque de imprudência e abriria a porta para eles eu mesma, sem pensar, levada por um otimismo imbecil? Acreditaria neles?

Como saber? Isso era o pior: que não houvesse desfecho... Ou melhor: que houvesse. Pois se faltasse apenas o desfecho, eu poderia ter ficado tranquila, de alguma forma, esperando-o... procrastinar, deixar para depois... Mas este era o desfecho! Era e não era... Quase poderia ter dito que não era nada. Porque não via nada, o delírio não era forte o suficiente, ou era demais... Não via a casa onde estava trancada, não via os manequins horrendos que a sitiavam... as almas de mamãe e papai... Não era uma alucinação... Que barbada se tivesse sido! Era uma força... uma onda invisível...

Durou um mês. Inacreditavelmente, sobrevivi. Poderia dizer: acordei. Saí do delírio como se sai da prisão. O sentimento lógico teria sido o alívio, mas não foi o meu caso. Algo tinha se quebrado em mim, uma válvula, um pequeno dispositivo de segurança que me permitia mudar de nível.

# 4

Quando recobrei os sentidos, estava na sala de pediatria do Hospital Central de Rosário.

Abri os olhos a uma experiência nova para mim. O mundo das mães. Papai não foi me visitar nenhuma vez. Mas não deixei de esperar por ele nem um só dia, com uma mistura de saudade e apreensão que conservava um pouco do encadeamento dos delírios. Mamãe, sim, estava presente, e ela trazia o aroma do espanto, como uma sombra de papai. Era inevitável, porque eu havia ingressado para sempre no sistema da acumulação, no qual nada, nunca, fica para trás. Não perguntei por ele. Mamãe não era a mesma. Eu a via distraída, inquieta, angustiada. Não ficava muito, dizia que tinha o que fazer, e eu entendia. Em outras camas havia uma mãe ou uma tia ou uma avó se revezando nas 24 horas. Eu estava sozinha, abandonada num orbe materno.

Havia umas quarenta crianças internadas comigo, pelas mais diversas causas, desde fraturas até leucemia. Nunca as contei, nem fiz amizade com nenhuma; nem sequer dirigi a palavra a alguém.

Demoraram uma eternidade para me dar alta, então toda a população se renovou durante a minha estada, algumas camas até dez vezes ou mais. Havia de tudo, desde crianças que pareciam gozar de excelente saúde e que faziam um barulho infernal, até outras, decaídas, imóveis, adormecidas... Eu era destas últimas. A fraqueza me deixava num torpor permanente. Durante longas horas, a partir do meio da tarde, entrava numa espécie de letargia. Não mexia nem mesmo as pupilas. Passava dias inteiros, semanas inteiras, nesse estado; sentia-me recair nele sem ter saído, ou sem ter tido a consciência de sair... E a queda era muito profunda...

Todos os dias, na pior hora, no começo da pior hora, o médico me visitava. Devia estar interessado no meu caso. Eram poucos os que sobreviviam aos cianuretos. Uma vez escutei-o pronunciar a palavra "milagre". Se houvesse milagre, era completamente involuntário. Eu não colaborava com a ciência. Por uma mania, um capricho, uma loucura, que nem eu mesma conseguia me explicar, sabotava o trabalho do médico, enganava-o. Eu me fazia de mal-entendida... Devo ter pensado que a ocasião era tão propícia que seria uma pena desperdiçá-la. Podia me fazer de tão mal-entendida quanto quisesse, impunemente. Mas isso não era tão simples quanto a resistência passiva. A mera negativa era aleatória demais, porque às vezes o nada pode ser a resposta certa, e eu jamais teria deixado a minha sorte nas mãos do acaso. De modo que, podendo deixar suas perguntas sem resposta, eu me dava ao trabalho de responder-lhes. Mentia. Dizia o contrário da verdade, ou do que me parecia mais verdadeiro. Mas também não era tão simples quanto dizer o contrário... Ele logo aprendeu a formular suas perguntas de modo que a resposta fosse "sim" ou "não", nada mais. Não teria demorado a aprender a traduzir ao contrário, já que eu mentia *sempre*. E eu tinha me imposto o dever de mentir sempre; de modo que, para me proteger, devia tornar sinuoso o procedimento, o que não era tão fácil quando você tem que dar uma resposta negativa ou afirmativa, sem meios-tons. Deve-se somar outra autoimposição a essa: a de não intercalar verdades com as mentiras. Esta última, por medo de não fazer bem as contas, e de que o acaso interviesse. Não sei por que fazia isso, mas deu certo. Algumas das minhas manobras (não sei por que estou contando isso, a não ser para dar ideias a algum doente): me fazia de surda numa pergunta, e quando ele formulava a seguinte, eu respondia à anterior, com uma mentira, claro: respondia, sempre falsa, a um elemento da pergunta, por exemplo, a um adjetivo ou a um tempo verbal, não à pergunta em si: se ele me perguntava "era aqui que doía?" e eu respondia "não", consertando tudo com um movimento das sobrancelhas para dar a entender que não era aí que doía antes, mas que doía agora; ele captava essas nuanças, não deixava uma passar, se desesperava, se corrigia: "aí é onde *está doendo*?"; mas eu já havia passado a outro sistema de mentiras, a outra tática... Devo dizer, em minha defesa, que improvisava tudo. Embora tivesse verdadeiras eternidades para pensar, nunca as usava para isso.

– Como está hoje *don* César? Sua aparência está ótima *don* César. Já quer ir jogar futebol *don* César? Vamos ver como estamos *don* César...

Sua alegria era contagiante. Era um homem jovem, pequeno, de bigodinho. Parecia vir de muito longe.

Do mundo. Eu olhava para ele com uma cara especial que havia inventado, que significava quê? quê? do que você está falando? por que me faz perguntas difíceis? não vê o estado em que estou? porque está falando comigo em chinês e não em espanhol? Ele baixava os olhos, mas reagia da melhor maneira possível. Sentava na beira da cama e começava a me apalpar. Afundava um dedo aqui e ali, no fígado, no pâncreas, na vesícula...

– Dói aqui?

– Sim.

– Dói aqui?

– Não.

– Aqui?

– Sim.

– Sim?

– ...

Começava tudo de novo, desorientado. Procurava os lugares onde fosse impossível que não me doesse. Mas não os encontrava, não encontrava o impossível, de que eu era dona e senhora. Eu tinha as chaves da dor...

– Dói um pouquinho aqui?

Eu dava a entender que o interrogatório tinha me cansado. Começava a chorar e ele tentava me consolar.

Punha o estetoscópio sobre mim. Eu acreditava poder acelerar o coração por vontade própria, e talvez o fizesse mesmo. Ato seguido, ele começava a me tocar, com mil precauções. Decidia auscultar-me pelas costas e, para isso, eu deveria sentar, e isso acabava sendo tão difícil para ele quanto pôr um cabo de vassoura em pé. Se por fim conseguisse, eu começava a bambolear a cabeça loucamente, e a produzir ânsias. Aí a ficção se confundia com a realidade, meu simulacro virava real, tingia todas as minhas mentiras de verdade. É que as ânsias tinham para mim um caráter sagrado, eram algo com que não se brincava. A lembrança de papai na sorveteria tornava-as mais reais que a realidade, tornava-as o elemento que fazia tudo real, contra o qual nada resistia. Aí esteve, desde então, a essência do sagrado para mim: minha vocação surgiu dessa fonte.

Quando o doutor ia embora, eu já estava um caco. Ouvia-o falar e rir nas camas vizinhas, ouvia as vozes dos doentinhos respondendo às suas perguntas... Tudo chegava até mim através de uma névoa espessa. Eu me sentia caindo num abismo... Minha má vontade não era deliberada. Era só má vontade, da mais primitiva, algo que tinha se apoderado de mim como a evolução se apodera de uma espécie. Tinha me feito sua presa durante a doença, ou talvez um pouco antes, um passo antes, porque eu não era assim normalmente. Pelo contrário, se algo me caracterizava, era o meu espírito colaborativo. Esse homem, o médico, era uma espécie de hipnotizador que me transformava. O pior era que me transformava deixando intacta a consciência da minha má vontade.

Mamãe não perdia a visita do doutor... Afastava-se por discrição, aproximava-se para ajudar quando eu ficava incontrolável... Tinha uma verdadeira ânsia de lhe arrancar informações. Ele falava sobre um choque... Não devia ser um verdadeiro intelectual, porque demonstrava muito interesse no que mamãe lhe contava. Afastavam-se, cochichavam, eu não tinha ideia do que podia se tratar... Não sabia que tínhamos saído nos jornais. Ele dizia mais uma vez "choque", e repetia de novo, e de novo...

Mas o médico e mamãe eram apenas um breve desvio na minha jornada. O dia estendia-se com impávida majestade, desenrolava-se da manhã até a noite. Não me parecia longo, mas me infundia uma espécie de respeito. Cada instante era diferente e novo e não se repetia. Era a definição mesma do tempo, e se efetuava sem cessar, com todos... Fazia parecer tão pequenas as minhas pequenas estratégias malévolas, o que me atordoava de vergonha...

O dia se encarnava em Ana Módena de Colon-Michet, a enfermeira. Havia uma só enfermeira no plantão diurno da sala; uma só para quarenta pequenos pacientes... Pode parecer muito pouco, certamente era pouco. O Hospital Central de Rosário era uma instituição bastante precária. Mas ninguém se queixava. Alguns mais, outros menos, todos esperavam sair dali com vida, e todos com a ilusão irracional de não voltar mais. Até as crianças, sem saber, se iludiam.

Mas os dias se estacionavam na grande sala branca e, para onde se direcionasse o olhar, lá estava a enfermeira. Ana Módena era um hieróglifo vivo. Nunca ia embora do hospital, não tinha ilusões. Era um fantasma.

As mães estavam sempre se queixando dela, combatiam-na, mas deviam saber que era inútil. As mães se renovavam o tempo todo, ela permanecia. Alianças contra ela se forjavam e se dissolviam, e mais de uma vez fizeram mamãe participar delas. Fraca de caráter como era, não sabia recusar mesmo quando percebia que não lhe eram convenientes. As queixas dirigiam-se contra sua rispidez, sua impaciência, sua grosseria, sua ignorância próxima da loucura. As mães tinham uma imagem (baseada na sua semana, em média, de experiência hospitalar) da enfermeira ideal para o pavilhão das crianças, a fada de delicadeza e compreensão que deveria ser, que cada uma delas seria. Não lhes era difícil imaginar isso; sem saber que se referiam à delicadeza e compreensão que se deveria ter com *elas*, e ninguém sabe melhor do que si mesmo como ser delicado e compreensivo com sua própria pessoa. Não dava para culpá-las, eram mulheres pobres, ignorantes, donas de casa em desgraça. Em nove de dez casos, os filhos tinham adoecido por culpa delas. Não dava para impedi-las de sonhar... acreditavam saber, e sabiam realmente, como deveria ser uma boa enfermeira. Seu erro era dar um passo adiante e pensar que essas qualidades podiam ser resumidas numa só mulher... Que Ana Módena, a enfermeira-Perón da Sala de Pediatria fosse o *oposto* dessa imagem, deixava-as num estupor para o qual não viam saída a não ser fazer um abaixo-assinado ou implementar uma política... para que a demitissem... Eram esses sonhos que faziam dela um fantasma. Eu, que nada entendia, entendia isso bem porque era uma sonhadora... E também porque Ana Módena era um fantasma em outros sentidos. Sempre estava apressada, atarefadíssima, como tinha que ser necessariamente a única enfermeira numa sala de quarenta camas. Mas nunca estava disponível para ninguém. Estava ocupada com os outros, e os outros nunca eram você... Acostumei-me a vê-la, do amanhecer ao crepúsculo, de canto de olho, da minha posição horizontal, passar em alta velocidade... Nunca parava... É que não se ocupava só das crianças em suas camas, mas também das que iam para a sala de cirurgia, para os raios x... e o fazia tão mal, segundo os sussurros das mães, que quase tudo fracassava por culpa dela... As crianças morriam com ela, diziam... Elas morrem com ela... morrem nas mãos dela... Morriam nas mãos dela, dizia a lenda que me rodeava como uma bandagem de filactérios falantes... Deixavam de viver quando os outros passavam a ser impossíveis de sua ocupação, de sua velocidade... Mas essa repetição maldita não impedia que as mães a cortejassem, mimassem, deixassem gorjetas, trouxessem pasteizinhos... com um servilismo incrível, chocante... Afinal, seus filhos, o maior tesouro que tinham, estavam em suas mãos.

Era uma mulher gorda, corpulenta. Quando caía sobre mim, era um elefante chapinhando num charco... eu era a água... Sua falta de jeito tinha algo de sublime... Sofria de um mal estranho: para ela, esquerda era direita, e vice-versa. Embaixo era em cima, na frente era atrás... A extensão tão pobre do meu corpo se desmembrava em suas mãos... pernas, braços, cabeça... cada extremo era afetado por um problema diferente... eu me fragmentava em quedas, em desequilíbrios... Com ela, minhas simulações não valiam... colocava-me em outra dimensão... eram partes subitamente distantes do meu corpo que tomavam a iniciativa de simular por conta própria... algo, não sabia o quê... Suas mãos, nas quais se morria, reuniam uma verdade absoluta.

Mantinham-me viva com soro. Ana Módena renovava meus frascos, sempre atrasada, e me picava o braço... Cravava a agulha em qualquer lugar. Meu nariz começava a pingar. Tudo que entrava pelo braço saía pelo nariz num gotejar constante. Era um caso raríssimo. Parecia-lhe normal... Em todo caso, eu não era uma prioridade para ela. De manhã cedo, antes que chegasse a primeira mãe, Ana Módena trazia a anã, e a fazia executar seus encantamentos diante de cada cama, inclusive das vazias.

A anã era uma autista iluminada. Trazia-a segurando pelos ombros como se fosse um triciclo, a anã não parecia ver nada, era um móvel... Era desses anões de cabeça desproporcional... Colocava-a diante de uma cama, de uma criança adormecida ou desfigurada... fazia-se um grande silêncio na sala... dava-lhe uma batidinha entre as omoplatas e a anã sussurrava uma ave-maria com movimentos estranhos dos bracinhos...

– A madre Corita vai salvar vocês, não os médicos! – trovejava Ana Módena.

A passagem da anã era como a de um cometa... Tudo se tornava automático... Era uma cura às cegas: ela benzia as camas ocupadas e as vazias... A religião entrava no mundo da doença, clandestinamente. Por outro lado, era um segredo de polichinelo, e era a primeira ressalva que as mães com pretensões de decência científica faziam aos desvarios desse animal... mas bastava uma hesitação do doutor, uma recaída, um vômito, e era Traga-me a anãzinha, eu lhe peço, senhora, para que ela salve o meu anjo... Hipócritas. E ela dizia, austera: A Virgem salva, não a anã... Traga-me a anãzinha ou eu morrerei...

Madre Corita era a verdadeira consistência do hospital: a enfermeira era apenas sua representante. A anã impedia que o hospital explodisse em mil pedaços... a cabeça para o norte, as pernas para o sul, um braço, um dedo... A fé na anã era a coerência... por ela corria o líquido da vida, pelo tubo, do braço até o nariz... Mas era preciso acreditar. Era preciso simular não acreditar e, na realidade, acreditar.

Então percebi que eu... podia chegar até um ponto, nos meus desmembramentos... em que não acreditava na anã. Eu! Logo eu, que acreditava em tudo! E que dependia que a crença se sustentasse como um todo! Eu, a hipnotizada!

E se a anã fosse um simulacro? Se eu *não conseguia* acreditar nela? Por acaso não era o mesmo que estava acontecendo comigo? Eu não era algo objetivamente impossível de acreditar? O que impedia a anã de ser como eu? Ou, muito pior, por que eu não seria uma espécie de anã, uma emanação da anã?

Precisava de uma confirmação. Quis arrancá-la de Ana Módena... Quis ir até o fundo. E foi assim que, uma manhã, quando a tive ao alcance...

– Sonhei com uma anã.

– O quê?

– Sonhei com uma anã.

– O quê? Qual?

Eu a havia desconcertado.

– Sonhei com uma anã que tinha um espinho cravado no coração.

– Mas qual anã?

– Uma anã.. uma anãnãnã... nuãnãnããnã...

"Qual" estava fora de questão... Minha manobra consistia em lhe dar a entender que eu tinha algo "difícil" a expressar. Devia recorrer à indireta, à alegoria, à ficção pura e simples. E ela se via arrastada a isso também, a investigar essa sutileza... que lhe escapava... E então comecei a mentir com a verdade (e vice-versa), não sei como... Também me escapava... Minhas estratégias morriam em minhas mãos... mas ressuscitavam agigantadas... No desespero de se fazer entender numa matéria indócil por uma menininha completamente estupidificada pela miséria física, Ana Módena começou a se auxiliar com gestos... o gesto tomava a dianteira... Era uma mulher precipitada, sem método: caiu na armadilha da intuição que voa às cegas e atinge o alvo antes que o entendimento possa começar a funcionar... E a pressa, a falta de habilidade, fizeram todos os gestos se jogarem uns por cima dos outros... por sua vez. Pela minha, o desmembramento me fazia gesticular em espelho... mas era uma vertigem, a acumulação de significados das caretas e olhares e entonações se tornava excessiva... parecia se aproximar de um limite, de um umbral... se aproximava mais e mais...

E, nesse momento, algo se quebrou. Acreditei que se quebrava não exatamente em mim, mas entre as duas. Mas não, foi em mim, apenas. Desse instante data uma curiosa falha de percepção minha: não consigo entender mímicas, sou surda (ou cega, não sei como teria que dizer isso) ao idioma dos gestos. Depois, me aconteceu de presenciar atuações de mímicos... e, enquanto as crianças de 4 anos ao meu redor entendem perfeitamente o que está sendo representado e morrem de rir, eu não vejo mais que uns movimentos sem objetivo, uma gesticulação abstrata... Que curioso, pensando bem, nenhum mímico, nem os melhores, nem mesmo Marcel Marceau (ele eu entendo menos que qualquer outro) jamais tentou representar um anão. Por que será. O anão deve ser o irrepresentável em gestos.

# 5

Por causa da minha doença, comecei a escola três meses mais tarde, em junho. Ainda não consigo entender como me aceitaram àquela altura do ano, como me puseram entre os alunos que tinham começado na época certa. Sobretudo em se tratando da primeira série, do começo absoluto da escolaridade (na minha época não existia jardim de infância), momento tão crucial e delicado. Consigo entender menos ainda por que mamãe insistiu em me fazer entrar, por que se deu ao trabalho de conseguir que me aceitassem, o que não deve ter sido fácil. Certamente implorou, suplicou, se pôs de joelhos. Isso era a cara dela; era sua ideia de maternidade. Deve ter pensado que não saberia o que fazer comigo um ano inteiro em casa. Mas o trabalho de me levar à escola, de ir me buscar, lavar e passar o guarda-pó, comprar o material escolar, conseguir que lhe emprestassem um livro didático usado, no fim terá feito parecer pouca coisa o alívio de ter onde me deixar nas horas de sesta. Deve ter pensado que fazia isso pelo meu bem. Não lhe ocorreu que estar três meses atrasada, os três *primeiros meses*, era demais até para mim. Enfim. É preciso perdoar, e eu perdoei. Três meses não têm por que parecer mais que três meses, três meses completos. E a pobre da mamãe tinha muitas preocupações naquele tempo. Claro que é mais difícil desculpar a professora, a diretora. Talvez elas estivessem próximas demais da problemática da aprendizagem, assim como mamãe estava longe demais.

As três primeiras semanas passaram na forma de imagens puras. O ser humano tende a dar sentido à experiência mediante a continuidade, o que acontece se explica pelo que aconteceu antes; não pode ser uma surpresa que eu persistisse em minha recente adaptação a Ana Módena e continuasse vendo gestos, mímica, histórias sem áudio, diante das quais não podia fazer nada. Ninguém tinha me explicado o objetivo da escola, e eu estava longe de poder adivinhá-lo. Até aí, o problema não me parecia grave. Eu o encarava, e com certa obstinação, como um espetáculo, como andar na corda bamba...

O drama começou depois... Por que será que o drama sempre começa depois de começado? A comédia, por sua vez, parece começar antes, antes do começo, inclusive. Mas depois as perspectivas se invertem... O drama se desencadeou em mim quando compreendi que essa cena muda que presenciava, essa mímica abstrata de professora e alunos, me dizia respeito até a medula. Era a *minha* história, não de outra pessoa. O drama havia começado no momento em que pisei na escola, e tudo estava diante de mim, inteiro, atemporal, eu estava e não estava nele, estava e não participava, ou participava somente pela minha negativa, como um buraco na representação, mas esse buraco era eu! Ao menos, e deveria ter agradecido por isso, tinha chegado a entender por que o áudio da cena me escapava: porque não sabia ler. Meus coleguinhas sim, sabiam. Nesses três meses haviam aprendido, quem sabe por que milagre, um abismo tinha se aberto entre mim e eles. Um abismo inexplicado, um abismo precisamente porque era um salto que não admitia descrição, um vazio. Nem eles, nem muito menos eu, nem mesmo a professora, podíamos dizer como tinham aprendido, em que momento exato. Era algo que tinha acontecido, e pronto. Para a professora (que tinha quarenta anos de experiência na primeira série) era rotina: fazia a mesma coisa todos os anos, tinha desenvolvido uma cegueira localizada.

A cortina se levantou para mim um dia, no banheiro masculino da escola... Mas devo explicar algumas circunstâncias, sem as quais esta anedota resultaria obscura.

Morávamos nos arredores de Rosário, numa área modesta, e o distrito escolar correspondente abarcava uma maioria de crianças de baixas camadas sociais, de lares que muitas vezes beiravam a miséria, ou que a ela pertenciam por pleno direito. Naquela época, os agora chamados marginais iam à escola, pelo menos nas primeiras séries. Além disso, não existiam os gabinetes psicopedagógicos, nem escolas diferenciadas... O clima era muito bárbaro, muito selvagem, muito "*struggle for life*". As brigas eram sangrentas, literalmente. O vocabulário que as acompanhava era brutal. Eu sabia o que eram os palavrões, inclusive sabia quais eram, mas por algum motivo nunca lhes havia prestado muita atenção. Tinha uma coisa parecida a um segundo ouvido para captá-los, e para levá-los a outro nível de percepção. Tinha a ideia de que possuíam um sentido em bloco, um sentido-ação, e não estava longe da realidade. Só uma coisa em particular tinha saído desse bloco. Em geral, entre os meus colegas meninos se passava das palavras à ação quando alguém dizia, de repente, diante da nebulosa (para mim) de palavrões: "Insultou a mãe."

Em si, esse detalhe não apresentava dificuldades para mim, porque eu concordava que a mãe era sagrada, e havia notado que no fluxo de palavrões costumava estar a palavra "madre": acredito que, se me propusesse, poderia repetir a frase inteira, de tanto que já a tinha ouvido: "*la puta madre que te parió*." Mas bem, fora essa palavra central, o restante eram sons sem significado para mim. Eu era distraída num grau difícil de conceber. Era distraída não porque me faltasse inteligência, mas porque as coisas não me importavam. O paradoxo aqui era imenso: porque tudo me importava, tudo eram montanhas para mim, esse era o meu problema, mais que nenhum outro... Era como se me faltasse interesse, mas eu sabia que era o contrário. Este caso é um exemplo. Eu deveria ter notado que às vezes se dizia "insultou a mãe" sem que a palavra "madre" tivesse sido pronunciada, mas o havia deixado passar, e, em retrospectiva, em conjunto, pensava comodamente que sim, tinha-se dito "madre", e que isso havia me escapado. Uma vez, contudo, não tive mais remédio a não ser notar que a coisa não era assim. Houve uma briga no recreio, perto do moinho que havia no fundo do pátio. Todos iam ver as brigas, formavam-se uns círculos multitudinários: por isso, nunca passavam despercebidas. Então alguma professora acudia a interromper o pugilismo silvestre. Mas não qualquer uma: havia um grupinho de professoras "bravas" que se atreviam (porque não era pouca coisa ir se meter no vespeiro), principalmente uma, machona, enérgica. Foi essa a que veio. Os adversários, dois meninos da terceira série, estavam cobertos de sangue, os guarda-pós rasgados, loucos de excitação. A professora separou-os, não sem trabalho. Um, o maior, recuou até seu grupo de amigos. O outro começou a chorar aos gritos. Tinha ficado com esse soluço de choro... Se eu não o conhecesse bem! A professora pedia explicações aos gritos, mas ele não conseguia falar. Era como se a briga ainda persistisse em seu coração. Parecia tão patético que a professora o abraçou e o apertou contra seu peito. Adivinhava a explicação, que saiu de fato entre soluços turbulentos: "xingou a minha mãe." Ela o acalmava, o apertava... É que esse tipo de professora, as bravas, podiam entender isso, afinal era o mesmo mundo em que elas viviam. O outro olhava de longe, entre seus amigos, os olhos flamejantes de fúria e ressentimento... E eu, enquanto isso, sentia ressoar pela primeira vez a nota de uma perplexidade sem limites: mãe? que mãe? de que estava falando? Por que todos pareciam dar razão a ele?

Eu tinha presenciado a rinha desde o primeiro momento, tinha certeza de que não havia perdido nada, e sabia que a palavra "madre" não havia sido pronunciada em nenhum momento. As outras sim, mas essa não. Era tão óbvio, não tive outro remédio que me convencer de que a mãe estava implícita. E havendo tantas coisas com a capacidade de me intrigar, esta me intrigou mais do que qualquer outra, e não pude tirá-la da cabeça.

Pois bem, um dia, no meio da aula, pedi permissão à professora para ir ao banheiro. Fazia isso sempre, e todos o faziam. Eu, e suponho que com os outros acontecia a mesma coisa, nem tinha vontade nem calculava o momento de pedir permissão. Era de repente. O único triunfo pleno que posso recordar da minha infância. Para a professora, ver a mãozinha levantada, adivinhar do que se tratava (porque nunca era algo que valesse a pena, por exemplo, perguntar-lhe em que casos se usava o b e em quais o v) e explodir, era tudo uma coisa só: Vá! Mas é o último! O último! E quem havia tido a brilhante inspiração de pedir naquele momento, naquele momento que se revelava o último, saía correndo louco de felicidade sob os olhares de ódio e amargura de todos os demais, que se sentiam excluídos para sempre, sentiam a oportunidade perdida... Mas a oportunidade se repetia, idêntica, e era consumada quatro ou cinco vezes a cada hora de aula. Sempre a vivíamos como algo absoluto, e a professora repetia sempre o seu ultimato, embora nunca negasse a permissão, porque as professoras da primeira série viviam com o terror, o único real para elas, de que alguém fizesse xixi na calça. Mas não sabíamos disso. Coisas de crianças. O que me assusta é que eu tenha entrado tão bem no jogo. Teria mais a ver comigo, muito mais, aguentar até que a bexiga arrebentasse. Mas não. Pedia sem vontade, como todos os outros. Nisso estava à altura da minha geração.

Havia uma coincidência, repetida magicamente, que talvez explique essa incongruência do meu caráter. Cada vez que eu pedia para ir ao banheiro, duas ou três vezes por dia, em qualquer momento casual caído do céu, outro menino também pedia, um menino de outra série, não sei de qual. Acabamos ficando amigos. Chamava-se Farías. Ou Quiroga? Agora que eu quero lembrar, os nomes se misturam. Talvez fossem dois.

Desta vez, não faltou ao encontro, que jamais tínhamos sonhado em marcar. As paredes cinza-escuras do banheiro estavam cobertas de pichações. Os meninos roubavam giz o tempo inteiro, para escrever lá. Nunca tinha dedicado a elas senão o mais distraído dos olhares.

Farías me apontou uma dessas escrituras, grande e recente. Quando passavam uns dias na parede, os vapores amoníacos fortíssimos do banheiro degradavam o giz; esta devia ser do dia, porque as letras brilhavam de tão brancas, eram letras de imprensa, furiosamente legíveis, ainda que não para mim; eu só via palitos horizontais e verticais numa combinação disparatada. Até esse momento tinha acreditado que as pichações do banheiro eram desenhos, desenhos incompreensíveis, runas ou hieróglifos. Farías esperou que eu "lesse", e depois riu. Eu ri com ele, sinceramente. Que desenho engraçado! De verdade, me divertia. Que ideia!, pensei: Desenhos incompreensíveis! Mas algo me impediu de comentar em voz alta; minha hipocrisia tinha meandros que até a mim mesma escapavam. Farías, sim, fez um comentário, arrogante, sugestivo... Não lembro o que disse. Era algo sobre a mãe. Isso me bastou, para minha desgraça. Compreendi, e foi como se o mundo caísse na minha cabeça.

O que eu compreendi foi o que significava ler. A mãe também estava envolvida nisso! O que eu havia tomado por desenhos, por uma espécie de álgebra rebuscada em que as professoras se especializavam por motivos que não me competiam, significava na verdade o que se dizia, o que se podia dizer em todos os lugares, o que eu mesma dizia. Tinha acreditado que era coisa da escola, e era coisa do mundo! Eram as palavras, era o emudecimento das palavras, a mímica, o processo pelo qual as palavras significavam... Compreendi que *eu não sabia ler*, e que os outros sim, sabiam. Era isso, tudo o que eu tinha sofrido sem saber. A magnitude do desastre revelou-se para mim num instante. Não é que fosse muito inteligente, muito clarividente; entendia isso sem fazer muito esforço, e aí estava a coisa mais horrível. Fiquei paralisada diante da inscrição, olhando-a como se me hipnotizasse. Não sei o que pensei, o que resolvi... talvez nada. O que me lembro a seguir foi que, na minha carteira, onde vegetava tarde após tarde, abri o caderno ainda em branco, peguei o lápis que ainda não havia usado, e reproduzi de memória aquela inscrição, linha por linha, sem saber o que era mas sem errar um só traço:

LACONCHASALISTESPUTAREPARIO*

Devo dizer que Farías não tinha lido isso em voz alta, portanto eu não sabia a que sons correspondiam esses desenhos. Mas, enquanto escrevia, eu *sabia*. É que saber nunca é em bloco. Sabe-se parcialmente. Por exemplo, sabia que eram palavrões, que era uma nebulosa, que a mãe estava em certo nível de envolvimento, sabia das violências, das brigas, do insulto à mãe, a fúria, o sangue, o choro... Ignorava outras coisas, mas estavam tão inextricavelmente misturadas com as que eu sabia que não teria podido discerni-las. De fato, neste caso particular havia coisas que eu ignoraria por muito tempo mais. Até os 14 anos acreditei que os bebês nasciam pelo umbigo. E a maneira como fiquei sabendo que não era assim, aos 14 anos, foi muito peculiar. Eu estava lendo um artigo sobre educação sexual numa revista *Seleções*, e num parágrafo onde se falava sobre a ignorância em que se mantinham as meninas japonesas encontrei este exemplo de disparate: uma jovem japonesa de 14 anos manifestou acreditar que os bebês nasciam pelo umbigo. Era exatamente o que eu

* "Da buceta saíste puta que te pariu." (N. da T.)

acreditava, uma jovem argentina de 14 anos. Só que, desde aquele instante, soube que não era assim. E, não sei se com razão ou sem, me compadeci da japonesinha.

Aquele dia, quando voltei para casa, não via a hora de que mamãe visse o que eu tinha escrito. Mas não via tanto por desejo quanto por terror. Sabia que algo terrível aconteceria, mas não sabia o quê. Não tirei o caderno da bolsa, não o mostrei a mamãe. Ela foi lá, tirou e olhou. Quem sabe por que fez isso; depois dos primeiros dias, ao comprovar que meu caderno sempre voltava em branco, não tinha tocado nele por semanas. Quem sabe que sinal mandei a ela. Ao ler o caderno, gritou e fechou a cara. Continuou reclamando todo o dia, com uma ideia fixa. Esse pequeno cartaz lhe foi muito oportuno, porque liberou seu espírito combativo, que tinha e os acontecimentos recentes haviam refreado. Deu-lhe motivação. No dia seguinte, entrou comigo na escola e teve uma reunião de uma hora na direção com a minha professora. Fizeram-me comparecer, mas é claro que não me arrancaram nenhuma palavra. Nem precisavam. Do corredor onde fiquei (a secretária cuidou da classe enquanto durava a reunião), ouvi os gritos de mamãe, os insultos ferozes com que cobria a professora, seus argumentos implacáveis (baseados no fato de que eu não sabia ler). Foi um dos escândalos memoráveis da Escola 22 de Rosário. Por fim, pouco antes de a campainha tocar, a professora saiu da direção e entrou na sala, que era a primeira do corredor. Ao passar por mim, nem me olhou nem me convidou a acompanhá-la: de fato, não voltou a me dirigir a palavra nem o olhar durante todo o ano. No recreio, mamãe foi embora: na confusão de crianças e professoras, não a vi sair. Quando a campainha tocou novamente, entrei na sala como sempre e sentei no meu banco. A professora tinha se recuperado um pouco, não muito. Tinha os olhos avermelhados, estava terrível. Para variar, fez-se um silêncio mortal. Os trinta pares de olhos infantis cravavam-se nela. Estava de pé em frente ao quadro. Quis falar, mas lhe saiu um *quac* rachado. Afogou um soluço. Com movimentos bruscos, de manequim, deu um passo adiante e acariciou a cabeça de um menino sentado no banco da frente. Quis pôr muita ternura no gesto, e tenho certeza de que tinha ternura, de verdade, talvez nunca em sua vida tivesse tido tanta ternura em seu coração, mas seus movimentos eram tão duros que o menino se atirou para trás, assustado. Ela não percebeu e acariciou a cabecinha piolhenta assim mesmo. Fez a mesma coisa com outro, e com um terceiro. Inspirou fundo e, por fim, falou:

– Eu digo sempre a verdade. Eu verdo sempre a digo. Eu crianças. Eu sou a verdade e a vida. Eu vido. A verda. Sou a sua segunda mamãe. A sua mamunda segu. Gosto de todos igualmente. Eu igualo todos por mamãe. Digo a verdade por amor. A amade por verdor. A mamãe por mamor. Pela segunda verdanda! Todos! Todos! Porém tem um... Urém tem pom... Um em om...

A voz se quebrava, aguda demais. Levantou o dedo indicador, em riste. Foi o único gesto que fez nesse discurso memorável... O dedo estava firme e ela era um tremor só: em seguida, e ao mesmo tempo, o dedo tremia e ela estava firme como metal... As lágrimas escorriam pela bochecha. Continuou, depois da pausa:

– O menino Aira... Está entre vocês, e parece igual a vocês. Talvez não o tenham notado, de tão insignificante que é. Mas está. Não se enganem. Eu lhes digo sempre a verda, a sunda, a guala. Vocês são meninos bons, inteligentes, carinhosos. Os que se comportam mal são bons, os repetentes são inteligentes, os brigões são carinhosos. Vocês são normais, são iguais, porque têm uma segunda mamãe. Aira é um idiota. Parece igual, mas é mesmo um idiota. É um monstro. Não tem segunda mamãe. É um imoral. Quer me ver morta. Quer me assassinar. Mas não vai conseguir! Porque vocês vão me proteger. Não é verdade que vocês vão me proteger do monstro? Não é verdade? Digam...

– ...

– Digam "sim senhorita".

– Sim senhorita!

– Mais alto!

– Siim seenhooriitaa!

– Digam "nhim sissorita".

– Rim sonhonita!

– Mais alto!

– Nhooriinheessiireetiitaa!!

– Maaais aaaltooo!

– Nhiiitiiisseetaaassaaanhoooteeeriiiitaaa!!

– Mmmuito bem, mmmuitobem. Protejam sua professora, que tem quarenta anos de docência. A professora vai morrer a qualquer momento e depois vai ser tarde demais para chorar por ela. O assassino vai matá-la. Mas não importa. Não estou falando por mim, eu já vivi a minha vida. Quarenta anos na primeira série. A primeira segunda mamãe. Digo isso por vocês. Porque ele também quer matar vocês. Não eu. Vocês. Mas não tenham medo, porque a professora vai lhes proteger. É preciso ter cuidado com a jararaca, a tarântula e o cachorro raivoso. Mas, com Aira, mais. Aira é mil vezes pior. Tenham cuidado com Aira! Não cheguem perto dele! Não falem com ele, não olhem para ele! Façam de conta que ele não existe. Eu já tinha achado que era um idiota, mas não sei... nnnão sei... Não via... Agora sim vejo! Não se sujem com ele! Não peguem doenças dele! Não lhe digam nem a hora. Não respirem quando ele estiver por perto, se for necessário morram de asfixia, mas não lhe deem bola. O monstro mata! E suas mães vão chorar se vocês morrerem. Vão querer pôr a culpa em mim, eu as conheço. Mas se tomam cuidado com o monstro, não vai acontecer nada. Façam de conta que ele não existe, que não está aqui. Se não falam com ele nem olham para ele, é inofensivo. A professora vai proteger vocês. A professora é a segunda mamãe. A professora ama vocês. A professora sou eu. Eu digo sempre a verdade...

Continuou assim por um bom tempo. Em certo momento, começou a repetir, e repetiu tudo que havia dito, como um gravador. Eu enxergava através dela. Via o quadro onde ela mesma havia escrito: *Zulema, zapato, zorro*... com sua caligrafia perfeita... A letra era a coisa mais linda que ela tinha. E já tinha chegado ao z... Ela me parecia alterada, mas não achava que estivesse dizendo barbaridades. Tudo me parecia transparente de tão real, e eu lia as palavras no quadro... Lia... Porque nesse dia eu aprendi.

# 6

Nesse tempo todo, papai estava preso por causa do sorveteiro. Uma tarde, mamãe me levou para visitá-lo. Era lógico, porque eu havia estado no centro da desgraça, em seu nó. Os dois me culpavam e não me culpavam. Não podiam me culpar, teria sido injusto demais, e ao mesmo tempo não podiam não me culpar, porque tudo tinha saído de mim. E eu, por minha vez, podia e não podia culpá-los por estes sentimentos. Seja como for, um deles, ou os dois, tinham decidido que era boa política me levar na hora da visita. Para passar uma imagem de família e tudo o mais. Que ingênuos eram. A penitenciária de Rosário ficava longe de casa, do outro lado da cidade. Pegamos um ônibus. Na metade da viagem tive um ataque de angústia, sem motivo, e comecei a chorar. Abriam-se as cortinas do meu teatro íntimo. Mamãe me olhou sem espanto. E digo bem: sem.

– Posso saber o que está acontecendo?

Eu não tinha nada muito preciso a dizer, mas me saiu algo totalmente inesperado, para ela e para mim também:

– Onde está papai?

A voz que eu fiz! Foi uma grasnada... Mas era cristalina, sem gaguejar. Mamãe olhou ao redor. O ônibus estava apinhado e as pessoas perto de nós já tinham começado a nos observar, alertadas pelo meu choro. Não conseguiu dizer nada.

– Onde está papai? – Comecei a levantar a voz.

Pobre mamãe. Teria motivos para pensar que eu estava fazendo aquilo de propósito.

– Você vai vê-lo agora – disse, sem se comprometer. Tentou mudar de assunto, me distrair. – Olhe que flores bonitas.

Passamos diante de uma casa com soberbos canteiros no jardim da frente.

– Ele está morto?

Eu estava a mil. Os passageiros do ônibus já tinham entrado na história, o que me deixou excitadíssima. Porque eu era a dona da história. Mamãe passou um braço por cima dos meus ombros e me puxou para perto dela.

– Não, não. Já lhe disse – sussurrou, baixando a voz a um nível quase inaudível.

– O quê? – gritei.

– Shh...

– Não estou ouvindo, mamãe! – gritei, sacudindo a cabeça, como se temesse que a incerteza sobre o meu pai estivesse me deixando surda. Ela não teve outro remédio a não ser falar alto:

– Você vai vê-lo agora.

– Sim, vou vê-lo. Mas morto?

– Não. Vivo.

Eu conseguia sentir o interesse das pessoas. A paisagem urbana deslizava pelos vidros das janelas como um acessório esquecido.

– Mamãe, onde está papai? Por que não vem para casa?

Dei a esta pergunta uma entonação que significava: "Não me minta mais. Vamos nos comportar como pessoas adultas. Tenho 6 anos, aparento 3, mas tenho direito à verdade."

Mamãe tinha me dito toda a verdade. Eu sabia que ele estava preso, esperando a sentença de oito anos por homicídio. Sabia de tudo. Estas minhas dúvidas intempestivas não tinham outra razão de ser que contar a história para benefício de uns perfeitos desconhecidos. Ela não conseguia acreditar (e nem eu) que sua filha fosse capaz de uma traição tão estúpida. Mas a angústia que eu estava gerando no ônibus era real demais. Como sempre, dava um jeito de confundi-la. Era fácil: só tinha que confundir a mim mesma.

– Ele está doente – me disse, outra vez inaudível, num sussurro. – Por isso vamos visitá-lo.

– Doente?! Ele vai morrer? Como a vovozinha?

Uma de minhas avós tinha morrido antes de eu nascer. A outra gozava de boa saúde, em Pringles. Nunca se falava da "vovozinha" em casa. Era um detalhe que incluí para dar verossimilhança à cena.

– Não. Ele vai se curar. Como você. Você não esteve doente e se curou?

– O sorvete lhe fez mal?

Continuei com isso até chegarmos, mamãe tentando me fazer calar o tempo inteiro, eu levantando a voz até fazer um verdadeiro escândalo. Quando descemos, não me disse nada, não me pediu explicações. Eu senti que meu teatro havia terminado, havia terminado mal, e ela estava com vergonha de mim... A angústia se multiplicou, e chorei de novo, com muitíssimo mais afinco que antes. O lógico teria sido que ela parasse na praça, que esperássemos sentadas num banco até tudo passar. Mas mamãe estava cansada, cheia de mim e dos meus truques, e foi direto até a prisão. Meus olhos secaram. Não queria que papai me visse chorosa.

Era a hora da visita, claro. Fizemos fila, uma senhora que me pareceu bastante amável nos apalpou, revisou a sacolinha de rede que mamãe trazia com comida e nos deixou passar. Já estávamos no pátio de visitas. Papai demorou um pouco. Mamãe, pensativa e só (não falava com as outras mulheres), me deixou livre para explorar.

O pátio era cercado de entradas e saídas. Não dava a impressão de hermetismo, como se deveria esperar. É inevitável que se tenha uma ideia romântica de uma prisão, embora, como era o meu caso, não soubesse o que era o romantismo. Nem uma prisão, para ser sincera. Esta passava uma sensação de realismo exacerbada e destruidora; as ideias prévias, embora não as tivesse, ruíam.

Dirigi-me até uma porta, como se fosse atraída por um ímã. Notei, com um resquício de consciência, que havia outras crianças no pátio, todas de mãos dadas com suas mães. Um forte sol de outono tornava as superfícies brancas. Era uma hora um tanto sonolenta. Senti-me invisível.

O que mais se aproximava da prisão, na minha experiência, era o hospital. Em ambos os casos se tratava de encerramentos prolongados. Mas havia uma diferença. Do hospital não se podia sair por uma causa interna: o paciente, como eu havia demonstrado, estava impossibilitado de se mover. Da prisão, por sua vez, não se podia sair por outro motivo. Não sabia bem qual: a força era um conceito ainda confuso para mim. Tive uma ideia mista, prisão-hospital. Havia algo invisível que se deslocava de uma ao outro. O desvanecimento da enfermidade, e uma transferência ao próximo da consciência enferma... Era o plano de fuga perfeito. Talvez papai pudesse voltar para casa conosco... Neste edifício por demais realista, eu irradiava minha magia... Se papai estava aqui por minha culpa...

Mas a minha magia começou agindo sobre mim mesma: uma fantasia melancólica imediatamente transportou minha alma a uma região muito distante. Por que eu não tinha bonecas? Por que era a única menina no mundo que não tinha uma só boneca? Tinha um pai preso... e não tinha uma boneca que me fizesse companhia. Nunca a tive, e não sabia por quê. Não era por pobreza ou avareza dos meus pais (isso nunca é um obstáculo para uma criança), mas por outra razão misteriosa... Dentro do mistério, contudo, a pobreza era uma razão. E agora seria mais. Agora seríamos pobres de verdade, mamãe e eu, abandonadas, sozinhas. Por isso mesmo, a boneca me apareceu como um desejo agudo, doloroso. Com meu habitual estilo dramático, me deixei invadir por um discurso nostálgico, cheio de variações. A boneca tinha desaparecido para sempre, antes que eu aprendesse as palavras com as quais pedi-la, e deixava um vazio sugador no centro das minhas frases... Vi-me como uma boneca perdida, atirada por aí, sem uma menina...

Eu era isso. A menina que não era. Viva, estava morta. Se eu estivesse morta, papai estaria em liberdade. Os juízes teriam se compadecido do pai que exigia vida por vida, sobretudo se uma vida era a de sua filha adorada, e a outra a de um completo desconhecido. Mas eu tinha sobrevivido. Eu me conhecia. Não era a mesma de antes. Não sabia como nem por quê, mas não era a mesma. Naquele momento, minha memória estava em branco. Antes do incidente na sorveteria, não me lembrava de nada. Talvez nem isso recordasse bem. Talvez tivesse ocorrido, na verdade, uma troca de vidas: a do sorveteiro pela minha. Eu tinha começado a viver com a sua morte. Por isso me sentia morta, morta e invisível...

Quando esta reflexão cessou, eu estava noutro lugar. Num interior. Como havia chegado até ali? Onde estava meu pai? Esta última pergunta foi a que me despertou. Despertou-me porque se parecia muito com meus sonhos. Estava só, abandonada, invisível...

Ou havia subido uma escada sem me dar conta, ou, é mais provável, o edifício tinha sótãos reformados. Porque, no fim de um corredor solitário que percorri, voltando-me noventa graus com a intenção de regressar ao pátio e abraçar meu pai, encontrei um tipo de plataforma pendurada sobre um recinto quadrado, dividido na metade por grades. Não sem espanto, pensei ter ido muito longe. Procurando a saída, com o desespero que conheço tão bem, cometi o erro que me faltava: desconfiei de estar voltando sobre meus passos, e então entrei pelo primeiro buraco que encontrei, um buraco situado na parede, onde deviam estar fazendo algumas reformas; era um buraco, quase uma fenda, de uns quarenta centímetros de altura e vinte de largura, quando muito, a meio metro do chão. Vi-o como o atalho perfeito para voltar ao ponto de partida. Fui parar numa espécie de cornija a dez metros do chão. Deslizei por ela colada à parede (tinha pavor de altura). O teto estava perto. Do que havia lá embaixo, como não me aproximei da beirada irregular, vi só um corredor. Além do mais, estava bastante escuro. A cornija, que na verdade era o resto de um teto de gesso, terminava num cubículo, no qual me enfiei. Era uma claraboia. Um espaço de um metro por um metro, e as paredes de dois ou três metros de altura; em cima, um quadrado de céu. Nas quatro paredes, à altura dos meus pés, havia quatro ranhuras que iam dar em profundos quartos escuros. Uma vez ali dentro, fiquei quieta. Sentei no chão. Pensei: vou passar toda a noite aqui. Eram quatro da tarde, mas para mim havia começado a noite. Não podia avançar mais porque esse lugar não tinha saída. E não tive a ideia de voltar... Nisto era coerente. A atitude dos meus pais comigo tinha sempre um fundo de "desta vez você foi longe demais", nunca era "você voltou de longe demais", certamente porque de lá não se voltava.

Tanto para ocupar o tempo como para calar outras preocupações, pensei em papai. Multipliquei-o por todos os homens que havia ali dentro, os homens desesperados, os expulsos da sociedade, que não podiam abraçar seus filhos... E eu lá em cima, planando imóvel sobre todos eles... Eu era o anjo. Isso não podia me surpreender. Todas as peripécias que haviam ocorrido, desde o começo, desde o momento em que provei o sorvete de morango, me conduziam a esse ponto supremo, a ser o anjo... O anjo da guarda de todos os criminosos, dos ladrões, dos assassinos...

Todos os homens presos eram meu pai. E eu o amava. Se antes, ao estar em seus braços, ao caminhar de mãos dadas com ele, acreditava amá-lo, agora sabia que o amor era mais, muito mais, que isso. Tinha que ser o anjo da guarda de todos esses homens desesperados para saber o que era o amor.

Foi uma experiência mística, que durou muitas horas. A experiência de contiguidade absoluta com o homem, a qual somente seu anjo pode viver. Nem sequer a falta de asas me demoveu da minha ideia. Ao contrário: com asas eu teria podido ir embora, por esse quadrado de céu que via em cima.

Foi, como disse, um episódio prolongado. Durou toda a tarde e toda a noite. Encontraram-me às dez da manhã seguinte. Vivi a busca que sucedeu ao meu desaparecimento como uma fantasia em ausência (eu sabia ao que me ater), inclusive ouvi vozes que me chamavam: ouvi-as soar pelos alto-falantes: "o menino César Aira..." "o menino César Aira..." Isso já não era uma fantasia, uma reconstrução mental. Eram vozes às quais devia responder. E às quais queria responder, dizer, por exemplo: "Estou aqui, socorro, não sei descer." Mas não conseguia. Na impotência, me adiantava aos fatos. Inventava uma cena em que explicava ao diretor da prisão o que havia acontecido, na realidade: "Foi papai. Ele me pegou e me levou a um lugar... Me escondeu para me usar como refém na fuga que está planejando com seus cúmplices..." Poderiam me perdoar tudo isso, até papai poderia me perdoar, considerando minha inocência, meu caráter, meus temores... Mesmo assim, por puro luxo de consciência, incrementava: "Mas papai foi obrigado a fazer isso pelo Rei dos Criminosos, ele nunca faria isso com sua própria filha..." E, temendo que o diretor fizesse uma ideia errada, esclarecia: "Mas papai não é esse Rei..." Eu embarcava na complicação da mentira. O mentiroso experiente sabe que a chave do sucesso está em fingir bem a ignorância de certas coisas. Por exemplo, das consequências do que está dizendo. É como fazer com que sejam os outros os que inventam. "Mas não escutei papai falar sobre o Rei... Eram os outros que falavam dele, com medo, com reverência... Chamavam papai de... Sua Jamestade... Não sei por quê, papai se chama Tomás..." O diretor da prisão cairia na armadilha. Pensaria: é complicado demais para não ser verdade. Sempre tinham que pensar a mesma coisa, é a regra de ouro da ficção. Acreditaria em mim plenamente. Papai, não: papai conhecia os meus truques... ele *era* os meus truques. Ele saberia e me perdoaria, ainda que isso lhe custasse mais dez anos de prisão... Não eram exatamente as reflexões de um anjo. O alto-falante (já era de noite, as estrelas brilhavam no céu) varria a prisão me chamando: "Saia de seu esconderijo, César, sua mãe está esperando para levá-lo para casa..." Vozes de mulheres, das assistentes sociais... A voz de minha própria mãe... Inclusive acreditei ouvir, com uma dolorosa palpitação, a adorada voz de papai, que não ouvia fazia tantos meses, e aí, sim, desejaria ter asas, me jogar... Mas não podia. Essa era a sensação mais repetida da minha vida, tanto que era a minha própria vida, eu não tinha mais vida do que essa: ouvir uma voz, entender as ordens que essa voz me dava, querer obedecer, e não poder... Porque a realidade, que era o único campo em que poderia ter atuado, se separava de mim na velocidade do meu desejo de entrar nela...

Neste caso, e talvez também em todos os outros, tive o maravilhoso consolo de saber que era um anjo. Isso transformava a situação, tornava-a sonho, mas como realidade.

Era uma transformação da realidade. Os delírios cruéis que havia sofrido durante a febre eram uma transformação, mas de signo oposto. O sonho real era a forma da realidade como felicidade, como paraíso. No mesmo movimento, a realidade se tornava delírio ou sonho, mas o sonho também se tornava sonho, e isso era o anjo, ou a realidade.

# 7

Chegou o inverno, e mamãe se tornou passadeira. Passávamos as tardes eternas encerradas, escutando o rádio, ela, com as costas curvadas sobre os tecidos fumegantes; eu, com o olhar fixo em meu caderno, as duas com a alma dançando nos mais curiosos lugares. Tínhamos uma rotina imutável. Pela manhã, eu a acompanhava às compras, almoçávamos cedo, ela me levava à escola, me buscava às cinco, e já não saíamos mais. Nós nos perdíamos pelos caminhos do rádio, por um labirinto que posso reconstruir passo a passo.

Todo este relato que empreendi se baseia em minha memória perfeita. A memória que me permitiu guardar cada instante que passou. Também os instantes eternos, os que não passaram, que encerram os outros em sua cápsula de ouro. E os que se repetiram, que, é claro, são maioria.

Pois bem: minha memória se confunde com o rádio. Ou melhor: eu sou o rádio. Graças à perfeição sem falhas da minha memória, sou o rádio daquele inverno. Não o aparelho, o mecanismo, mas o que saiu dele, a emissão, o contínuo, o que se transmitia sempre, inclusive quando o desligávamos ou quando eu dormia ou estava na escola. Minha memória contém tudo, mas o rádio é uma memória que contém a si mesma, e eu sou o rádio.

Não concebia a vida sem o rádio. É que, na verdade, se alguém decide definir a vida como rádio (e é uma pequena operação intelectual que vale tanto quanto qualquer outra), dá-se automaticamente uma plenitude sobre a qual viver. Para mamãe também era importante, era uma companhia... Há que se levar em conta que a desgraça havia nos atingido imediatamente depois de nossa mudança para Rosário, onde não tínhamos parentes nem amizades. As circunstâncias foram pouco propícias para fazer estas últimas, de modo que mamãe estava extremamente só... Eu estava ali, claro, mas eu, embora fosse tudo, ainda era muito pouco. Ela era uma mulher sociável, conversadora... Aos poucos, foi conhecendo gente, entre os comerciantes onde fazia as compras, entre os vizinhos, depois entre sua clientela de passadeira. Todos estavam ávidos por sua história recente, que ela contava várias vezes... Repetia-se um pouco, mas isso era inevitável. Sua vida estava dirigida à sociedade, aquele inverno fora apenas um parêntese... O rádio cumpria uma função; em seu caso, era instrumental: devolvia-lhe suas partes dispersas, devolvia-lhe sua coerência de senhora, de dona de casa... Eu, por minha vez, alcançava uma identificação plena com as vozes do éter... Encarnava-as.

Essas tardes, essas noites, na verdade, porque anoitecia muito cedo, e mais ainda no nosso quarto, tinham uma atmosfera de abrigo, de refúgio, em que eu, sobretudo, me comprazia ao extremo, não sei por quê. Eram uma espécie de paraíso, e como todos os paraísos conseguidos a muito baixo custo, parecia um inferno. O trabalho de passadeira obrigava mamãe a esse encerramento, ao que se prestava por outro lado de bom grado, comprazida no paraíso aparente, porque não era uma mulher que visse mais além das aparências. Seu reingresso na sociedade teria que esperar. Eu me atirava como um vampiro sobre a ilusão: vivia do sangue do paraíso fantasmal.

Nesse tipo de situações, o que domina é a repetição. Um dia fica igual a todos os outros. A transmissão do rádio era diferente todos os dias. E ao mesmo tempo se repetia. Repetiam-se os programas que acompanhávamos... Não teríamos conseguido acompanhá-los se não se repetissem; teríamos perdido o rastro. Por outro lado, os locutores liam sempre as mesmas propagandas, que eu tinha aprendido de cor. Nada de novo por esse lado, já que em mim a memória era, e continua sendo, a coisa mais importante. Repetia-as em voz alta à medida que eles as diziam, uma depois da outra. A mesma coisa com as apresentações dos programas, e a música que as acompanhava. Calava-me quando começava o programa.

Acompanhávamos três radionovelas. Uma era a vida de Jesus Cristo, na verdade a infância do Menino Deus; era um programa de cunho infantil, patrocinado por uma marca de cerveja de malte, bebida que eu nunca havia provado apesar dos panegíricos que se faziam, sempre iguais (eu repetia por cima da voz do locutor), de suas propriedades nutritivas e promotoras do crescimento. Jesus e seus amiguinhos eram uma patota simpática, que incluía um negro, um gordo, um gago, um fortão; o menino Messias era o caudilho, e realizava um milagre pueril por capítulo, como se fosse para ir praticando. Não era infalível, contudo, e costumavam se meter em problemas no seu afã de ajudar os pobres e os desencaminhados de Nazaré; mas as coisas sempre terminavam bem, e a voz grave e retumbante do Pai, ou seja, Deus, dava a moral da história no final, ou sábios conselhos na falta dela. Esses meninos tinham se transformado nos meus melhores amigos. Adorava tanto suas aventuras e travessuras que minha fantasia trabalhava em alta velocidade imaginando variações ou soluções para suas peripécias; mas no fim sempre preferia o desfecho proposto pelos roteiristas; claro que eu não sabia que havia roteiristas. Para mim, era uma realidade. Uma realidade que não se via, da qual só se ouviam as vozes e ruídos. Eu é que entrava com as visões. Só que, dentro dessa realidade, estava a voz do Pai, meu momento favorito, em que todos, não só eu, tínhamos que entrar com a visão. Deus era a rádio dentro da rádio.

A segunda radionovela também era de história, porém profana, e argentina. Chamava-se *Conte-me, Vovozinha*, e punham-se em cena, numa espécie de prólogo sempre igual, a anciã Mariquita Sánchez de Thompson e seus netos, que sempre lhe pediam o relato de algum feito da história pátria, de que a dama havia sido testemunha ocular. Certa vez foi a Primeira Invasão Inglesa, outra vez, a segunda, ou algum episódio durante qualquer uma de ambas, ou as três *jornadas de Mayo*, ou uma festa no Vice-Reinado, ou sob a Tirania, ou alguma passagem da vida de Belgrano ou de San Martín... O que eu adorava era o acaso do tempo, a loteria de anos; eu não sabia nada de história, é claro, mas os diálogos preliminares, as adoráveis hesitações na voz da velhinha, deixavam bem claro que se tratava de uma extensa faixa de tempo na qual se podia escolher... E a memória da Vovozinha parecia frágil, pendurada de um fio a ponto de se partir... mas, quando se empolgava, sua voz desgastada se apagava e em seu lugar apareciam os atores do passado... Essa substituição era do que eu mais gostava: a voz que vacilava nas recordações, a névoa a que se superpunha a claridade ultrarreal da cena tal como havia sido...

Esta radionovela não era nem para crianças nem para adultos, e ao mesmo tempo era para os primeiros e para os segundos. Era algo intermediário: aos adultos fazia recordar algo que tinham aprendido na escola, às crianças apontava o que recordariam quando o aprendessem. Dona Mariquita e seus netos formavam um bloco: ela era a eterna menina... Sua memória fraca e senil, na verdade, era formidável: as cenas de sua vida remota reviviam não como o passado revive habitualmente, como quadros mudos, mas em cada uma de suas inflexões sonoras, até o último suspiro ou o arrastar de uma cadeira ao se levantar, precipitadamente, o cavaleiro do Vice-Reinado morto sessenta anos atrás quando entrava no salão a dama morta quarenta anos atrás, por quem ele, é claro, estava apaixonado.

A terceira, a das oito (duravam meia hora), era definitivamente para adultos. Era de amor, e nela atuavam todas as estrelas do dia, realidade plena, que as outras escamoteavam. Uma prova disso, o que para mim parecia uma prova, era o seu enredo. A realidade que eu conhecia, a minha, não era complicada. Bem pelo contrário, era simplíssima. Era simples demais. Não poderia resumir a novela *Luz* como fiz com as duas radionovelas anteriores; não tinha mecanismo de base, era puro enredo flutuante. Havia uma circunstância que garantia seu enredo perpétuo: todos amavam. Não havia personagens secundários, de recheio. Era uma radionovela de amor, e todos amavam. Como pequenas moléculas, todos estendiam suas valências de amor no espaço, no éter sonoro, e nenhum desses bracinhos desejosos ficava livre. Era tal o imbróglio que se criava uma nova simplicidade: o compacto. O espaço deixava de ser vazio, poroso, intangível; virava rocha de amor sólido. A simplicidade de minha vida, por sua vez, era equivalente ao nada. Do meu desamparo, a mensagem que eu parecia ouvir na "radionovela das estrelas" era que se chegava a ser adulto para amar, e que só o multitudinário céu noturno podia fazer do nada um tudo, ou pelo menos um algo.

Além dessas, escutávamos todo tipo de programas: informativos, de perguntas e respostas, humorísticos, e, é claro, de música. Nicola Paone me dominava. Mas não havia distinções: toda música era a minha favorita, pelo menos enquanto a estava ouvindo. Até dos tangos, que em geral entediam as crianças, eu gostava. A música me parecia maravilhosa pelo vigor com que tomava posse de seu presente, e dele expulsava tudo o mais. Qualquer melodia que escutasse me parecia a mais bonita do mundo, a melhor, a única. Era o instante elevado à sua máxima potência. Era uma fascinação do presente, um hipnotismo (outro!). Eu me obstinava em colocá-lo à prova sempre; queria pensar em outras músicas, outros ritmos, comparar, recordar, e não podia, estava inundada por esse presente transformado em música, presa num cárcere de ouro.

Por falar em música: uma vez, pela rádio Belgrano, num espaço fora do programa, houve uma cantora que se apresentou pela primeira e única vez, e que mamãe e eu escutamos com a maior atenção e não pouca perplexidade. Acredito que nessa oportunidade a atenção de mamãe se pôs à altura da minha. A mulher que cantou era a mais desafinada que jamais se atrevera a cantar, nem de brincadeira. Ninguém com tão pouca noção do que eram as notas tinha chegado a terminar um compasso; ela cantou cinco canções inteiras, boleros, ou temas românticos, acompanhada ao piano. Talvez *fosse* uma brincadeira, não sei. Tudo foi muito sério, o locutor apresentou-a com formalidade e leu com voz lúgubre o nome das canções entre uma e outra... Era enigmático. Depois continuaram com a programação normal, sem mais comentários. Talvez fosse parente do dono da rádio, talvez tivesse pagado pelo espaço, para se dar esse gosto ou para cumprir uma promessa, quem sabe. Já podia se envergonhar de cantar assim sozinha, no chuveiro. E ela cantou na rádio. Talvez fosse surda, deficiente, e o que fazia tivesse muito mérito (mas se esqueceram de dizer). Talvez cantasse bem, e tivesse ficado nervosa. Isto é menos provável: era ruim demais. Nem de propósito poderia ter sido pior. Desafinava a cada nota, não só nas difíceis. Era quase atonal... É inexplicável. O inexplicável. O que é verdadeiramente inexplicável não tem outro santuário que os meios de comunicação de massa.

Pois bem, a presença inexplicável desta cantora em meio à minha memória, em meio à rádio, em meio ao universo, é a coisa mais estranha que este livro contém. A coisa mais estranha que me aconteceu. A única coisa sobre a qual não estou em condições de dizer a razão. E não porque meu propósito seja explicar a malha de acontecimentos estranhíssimos que é a minha vida, mas porque suspeito de que neste caso a explicação exista, exista realmente, em algum lugar da Argentina, na mente de algum filho, algum sobrinho, alguma testemunha ocular... Ou ela mesma, a Desafinada... talvez ainda viva, e lembre, e se estiver me lendo... Meu número está na lista telefônica. Sempre deixo a secretária eletrônica ligada, mas estou do lado do telefone. Não precisa mais do que se dar a conhecer... Não o nome, é claro, que não me diria nada. Que cante. Umas notas, nada mais, qualquer trecho, por breve que seja, de uma daquelas canções, e com toda a certeza vou lhe reconhecer.

# 8

O rádio me ajudou a viver. A repetição que às vezes se repetia e às vezes não me dava um pouco de vida, como um presente surpresa que eu desembrulhava louca de felicidade, no momento em que o fluxo sonoro decidia se ia ser igual ou diferente... Minha memória exacerbada então se aplacava... Já não era como se começasse a viver, com a crueldade raivosa de um começo, mas como se continuasse vivendo...

Não sei se meus leitores terão notado, mas é um fato que o tempo sempre transporta outro tempo, como suplemento. O tempo das repetições vivas da rádio trazia consigo outro: o tempo que passava. O palanquim levava o elefante. E transcorria deveras, lento e majestoso. Nele, a catástrofe se revelava possibilidade de catástrofe, e ficava para trás. Dava-me a impressão de que já não haveria mais catástrofes em minha vida: eu teria vida, como todo mundo, e veria as catástrofes desde a altura da existência do tempo... Os fatos pareciam me dar razão. Na escola a professora continuava me ignorando, mas tudo bem. À prisão, mamãe não me levou mais. De saúde, tudo bem. A simplicidade de minha vida não me angustiava.

Uma certa paz tinha se feito em mim. Descobria que o tempo, o tempo extenso feito de dias e semanas e meses, já não mais de instantes horrendos, agia a meu favor. Que fosse o único que o fizesse não me preocupava. Achava-o suficiente. Aferrei-me ao tempo; e por conseguinte, à pedagogia, a única atividade humana que põe o tempo ao nosso lado.

Talvez por isso que tenha me acontecido, pela primeira vez, algo característico de uma menina da minha idade, que é a identificação com a professora. Todas as meninas passam por essa etapa, e por essa atividade quase febril de dar aulas para suas bonecas ou às crianças imaginárias que as habitam. Que ridículo, que alguém que nada sabe se ponha a ensinar com tanto afinco. Mas que ridículo sublime. Que catecismos de dogma didático selvagem estão esperando aí pelo observador sagaz. Que moral da ação.

Como eu não tinha bonecas, tive que me ater às crianças mentais. Como não as tinha inventado, ocupei-me de crianças reais, as quais recriava fantasticamente na imaginação. Eram meus companheiros de escola; não conhecia outros, e eles se encontravam na posição ideal, já que não os conhecia fora da escola. Para mim, eram escolares absolutos. Por luxo lúdico, dei-lhes personalidades tortuosas, difíceis, barrocas. Todos sofriam de complicadas dislexias, cada um tinha a sua. Professora ideal, eu tratava-os individualmente, cada um segundo suas necessidades, e exigia de cada qual segundo suas possibilidades.

Por exemplo... Se quero contar isto, tenho que me ater a exemplos. É uma mudança de nível, porque até agora vim evitando a lógica nefasta do exemplo. Agora o faço por motivos de claridade, para depois voltar ao que me é habitual. Então, por exemplo, uma criança tinha a particularidade disléxica de agrupar em cada palavra primeiro as vogais e depois as consoantes: a palavra "consoantes", escrevia "ooaecnsnts". Este era um caso fácil. Outros erravam no desenho das letras, faziam-nas em espelho... O primeiro caso era plenamente fantástico, jamais se deu em um ser vivo; o segundo era mais realista, mas por puro acaso, por combinação. Eu não sabia o que era a dislexia, nem sofria dela nem tinha algum companheiro que sofresse. Tinha-a reinventado por minha conta, para dar mais sabor ao jogo. Nem mesmo suspeitava que na realidade existisse uma doença assim, teria me surpreendido sabê-lo.

Na classe, éramos 42 (43 comigo, mas a professora não me incluía na chamada nem me dirigia a palavra nem me mencionava nunca); eram 42 na minha classe imaginária. Quarenta e dois casos diferentes. Quarenta e duas novelas. Subtrair uma, sequer, para ter menos trabalho, teria me parecido inconcebível. E era um trabalho titânico. Porque a cada dislexia, ainda por cima, eu tinha dado uma gênese familiar diferente e adequada, nos termos um pouco delirantes que eu utilizava. Mas isso demonstra uma curiosa intuição em uma menina de 6 anos. Por exemplo, o menino que desenhava as letras em espelho tinha um papai mulher e uma mamãe homem. O que, além do mais, tinha efeitos sobre seu rendimento escolar, seja porque tivesse que ajudar sua mãe a fazer comida (sua mãe era um homem, portanto, não sabia cozinhar), e por isso não tinha tempo de fazer o dever de casa, seja porque a miséria em seu lar fosse excessiva (seu pai era mulher, e fracassava no mundo do trabalho) e então eu deveria me encarregar de que a cooperativa escolar lhe providenciasse o material. E assim era com cada um dos outros 41. Era um inferno de complicações. Nenhuma professora real teria embarcado numa tarefa desse porte.

Complicava ainda mais a situação a postura pedagógica inflexível que eu me impusera: a complicação não devia simplificar-se nunca, só podia avançar. O ensino para mim era um sistema, ainda que labiríntico (pela quantidade de alunos), unidirecional, de válvulas orientadas todas no mesmo sentido. Porque eu não me propunha, de maneira alguma, a corrigir a dislexia de cada aluno. Queria ensiná-los a ler e escrever em seus termos, cada qual com seu sistema hieroglífico particular; só dentro desse sistema podia-se avançar, por exemplo, no caso do que escrevia em espelho, podia-se começar escrevendo em espelho a palavra "mamãe" e terminar escrevendo, em espelho, um livro de mil páginas, um dicionário, tudo. É que na verdade eu não tinha inventado doenças, mas sistemas de dificuldade. Não estavam destinados à cura, mas ao desenvolvimento. "Dislexia" é um termo que uso agora, por uma semelhança puramente formal que encontrei; e para me fazer entender.

De modo que eu fazia um ditado (mental, imaginário, é claro), depois pedia os cadernos (também imaginários) para corrigir, e com essa honestidade absoluta que só se dá nas crianças que brincam, me ocupava muito conscientemente de 42 discursos hieroglíficos que corrigia, cada um segundo sua regra única e intransferível.

Como se isso fosse pouco, tive que fazer as equivalências mais adequadas possíveis entre cada dislexia e o rendimento do aluno em outras matérias que não fossem o idioma nacional: em matemática, expressão corporal, desenho etc. Para continuar com o exemplo mais fácil (havia exemplos completíssimos), o da escrita em espelho: esse menino não só fazia as contas com os números desenhados ao contrário, mas também com resultados invertidos, de modo que dois mais dois dava zero, e dois menos dois, quatro: os *criollos* pediam Cabildo Cerrado, Colombo descobria a Europa, o fruto vinha antes da flor; os desenhos, era questão de imaginá-los.

Eu devia imaginar tudo, porque dava minhas aulas sem dramatização, sem elementos materiais, sem mesmo um papel para anotar (no meu estado precário de aprendizagem, por outro lado, escrevia tão devagar que não era o caso de andar tomando notas depressa, como um taquígrafo; e devia ir rápido para avançar um pouco, com tantos alunos). Fazia-o sem me mexer, concentradíssima, com os olhos abertos, escutando o rádio com algum resquício de consciência. Meu castelo de cartas sempre estava prestes a se derrubar, a menor distração me faria perder o fio da meada para sempre. Um plano de aula teria sido a minha salvação. Aprendi a ansiar por um plano de aula. Se pudesse brincar em voz alta, teria sido menos difícil, mas não o fazia, porque a estética do jogo estava no segredo. De modo que minha mãe nunca soube que eu estava dando aulas. Quem sabe o que pensaria ao me ver paralisada, tensa feito mármore...

Vi-me obrigada a empregar uma arte da memória. Minha memória era perfeita, mas não bastava. Consegui precisar de algo mais. Precisava de um método, e utilizei a imagem de minha sala de aula em seu momento de plena ocupação. Para compor a imagem, devia ter as figuras em silêncio. Bem, na sala, e suponho que deve ser igual em qualquer sala de 42 crianças (eu não me conto) de 6 anos, eram muito escassos os momentos em que todos ocupavam seus bancos e ficavam em silêncio. Havia um só momento assim: quando a professora fazia a chamada. Era uma litania de nomes, o sobrenome primeiro, o primeiro nome depois – faltava eu, que deveria ter sido o segundo, entre Abate e Artola. Como era repetida todos os dias na mesma ordem, tinha-a aprendido de memória. E estava colada, como o áudio de uma imagem, à lembrança utilizada mnemonicamente de toda a classe em seu lugar... Lamentavelmente, essa fusão me impedia de usar a imagem tal como a tinha armazenada. Porque a ordem sonora das crianças, que era a alfabética, não coincidia com a dos lugares. Isso me obrigava a um penoso ziguezague, eram duas ordens, que superpunham...

Este entretenimento me absorvia. Absorvia-me tanto que chegou a me produzir prazer, o primeiro extenso e manipulável que experimentara em minha vida. Era um prazer doloroso, quase esmagador, mas eu era assim mesmo. E não demorou a se sublimar, a transcender... Um pouco alheio à minha vontade, criou um suplemento, sobre o qual minha imaginação se lançou com uma avidez louca. Deixei para trás a escola. Comecei a dar instruções. Instruções sobre tudo, sobre a vida. Dava-as a ninguém, a seres impalpáveis que existiam dentro da minha personalidade, que nem mesmo assumiam formas imaginárias. Eram ninguém e eram todos.

As instruções que eu dava se referiam a qualquer coisa. A algo que estivesse fazendo, a princípio, mas também a outras atividades que não fazia nem iria fazer jamais (por exemplo, escalar uma montanha) e sobre as quais entretanto especificava os mais mínimos detalhes. Mas a base, o modelo, o grosso das minhas instruções, referiase ao que eu estava fazendo naquele momento. A tal ponto que minhas atividades se duplicavam nas instruções para levá-las a cabo, atividades e instruções eram a mesma coisa. Caminhava, e o fazia explicando a um discípulo fantasmal como era que se caminhava, como se devia caminhar... Não era tão simples como parecia, nada era... Porque a verdadeira eficácia era uma elegância, e a elegância dependia de um saber minuciosamente detalhado, caprichoso de tão detalhado, uma idiossincrasia esotérica que só eu estava em condições de transmitir a... ninguém, não sabia a quem, talvez a alguém. Esse jogo invadia toda a minha vida. Como segurar o garfo, como levá-lo à boca, como beber um gole de água, como olhar pela janela, como abrir uma porta, como fechá-la, como acender a luz, como amarrar os sapatos... Tudo acompanhado de um fluxo incessante de palavras, "faça-o assim... nunca o faça assim... uma vez eu fiz assim... tenha a precaução de... há gente que prefere... deste modo os resultados não são tão..." Era um discurso rápido, muito rápido, não dispunha de nenhuma lentidão em que me refugiar porque a velocidade certa era parte essencial da correção, e eu estava dando o exemplo. E além disso eram tantas as atividades sobre as quais deveria instruir... eram todas... algumas simultâneas, lançar um olhar ligeiramente à direita e um pouco acima do horizonte, controlando o movimento da pupila, da cabeça (e era preciso ter algum pensamento adequado e elegante como acompanhamento desse olhar, sem o qual não valia nada!), ao mesmo tempo que se apanhava uma pedrinha, com o gesto preciso dos dedos... Como usar os talheres, como pôr a calça, como engolir saliva. Como estar quieto, como estar sentado numa cadeira, como respirar! Fazia ioga sem saber, ultraioga... Mas para mim não era um exercício: era uma aula, dava como certo que eu já sabia tudo, já dominava tudo... Por isso devia ensinar... E na verdade eu sabia, como não saberia se era a vida em todo o seu desdobramento espontâneo. Embora o principal não fosse saber, nem sequer fazer, mas explicar, desdobrá-lo como saber... E são tão curiosos os mecanismos da mente e da linguagem que às vezes me descobria dando instruções a mim mesma.

# 9

Mamãe era minha melhor amiga. Mas não por uma escolha que me definisse, nem por uma escolha de qualquer outro tipo, mas por necessidade. Estávamos sozinhas, isoladas, o que nos restava senão termos uma à outra? Nesses casos a necessidade se torna virtude, e não é menos virtude por isso. Nem menos necessidade. A nossa não era profunda, não tinha raízes ou concomitâncias. Era uma necessidade casual, de momento. Dificilmente se poderia encontrar dois seres com menos afinidades que nós duas. Nem mesmo éramos opostos complementares, porque nos parecíamos. Ela também era uma sonhadora. Teria preferido esconder isso de mim, mas o descobri em algum sinal mínimo. As personalidades secretas revelam-se no furtivo, e isso era o que eu captava antes de tudo, de modo que a pobre mamãe não teve nenhuma chance de se fazer imperceptível para mim. Meus olhos penetrantes de monstro impediam que qualquer ser vivo se mimetizasse com a minha vida.

Ainda assim, tive um amigo naquele ano. Um menino, um pequeno vizinho, com o qual costumava brincar, um amigo no sentido comum da palavra... Um pouco mais e eu me tornaria uma menina comum, no sentido comum da palavra (da palavra "comum"). Mas não, não é para tanto. A história da minha amizade com Arturo Carrera é das mais peculiares.

Vivíamos, como creio já haver dito, numa pensão decadente nos arrabaldes de Rosário, do lado do rio. Ocupávamos uma peça, e por acaso não era das piores, no andar de cima. Em contraste marcante com o que costuma acontecer nesses lugares, não havia quase crianças. Os donos não as aceitavam. Abriram-me uma exceção porque não tinha irmãos, porque mamãe estava desesperada, e sobretudo porque lhes disse que eu era retardada, coisa que meu aspecto tornava muito verossímil. A exceção de que Arturo Carrera havia se beneficiado era mais complicada, e nunca tentei entendê-la. (Mas é a chave de tudo.)

Era órfão de pai e mãe, e não tinha outro parente vivo além de sua vovozinha, que por sua vez não tinha mais ninguém além dele. O mesmo caso meu e de mamãe, mas muito mais sério: nós estávamos sozinhas, naquele momento, em Rosário, eles o estavam definitivamente, no mundo. Sua relação, além disso, era muito diferente da nossa, como eles também eram diferentes de nós. A avó era velhíssima, pequenininha feito uma criança, cabelo branco, vestido preto; falava em dialeto siciliano e o único que a entendia era seu neto. No entanto, saía sozinha para fazer compras, e falava com todos os vizinhos. Não sei como conseguia.

Arturito, por sua vez, era muito baixo para sua idade: tinha 7 anos, um a mais do que eu, mas não chegava ao meu ombro; e eu não era alta. Era muito pálido, céreo, louro, se penteava com brilhantina. Na roupa, principalmente, notava-se que não tinha mãe nem pai nem tias nem nada. Qualquer adulto razoável o teria feito se vestir de um modo mais adequado à sua idade. Como não era assim, fazia a sua vontade. Usava ternos, com camisa branca engomada, abotoaduras, gravata, às vezes os ternos eram de três peças, com colete ou então casacos esportivos xadrez, calças de flanela cinza, mocassins cor de cereja muito lustrados. Parecia um anão. O gosto com que escolhia os tecidos e cortes era deplorável, mas isso era o de menos, levando-se em conta a sua fantástica inadequação. Contudo, deve-se dizer que não chamava muito a atenção. Talvez o pessoal da pensão e do bairro tivesse se habituado. Talvez esse vestuário ridículo fosse o que mais combinava com seu tipo. Era um menino com personalidade, isso não se podia negar. A inadequação parecia ser o preço justo da personalidade. Eu, por minha vez, não tinha personalidade. Estava disposta a pagar o preço, mas não tinha ideia de qual podia ser. Imitar Arturito, além de ser materialmente impossível, não teria me servido para nada, mas não tinha outro modelo. Renunciava, então, a imitá-lo, renunciava a ter personalidade, e adivinhava obscuramente que na renúncia estava minha única possibilidade de ser alguém. Cheguei a me angustiar. Olhava-me no espelho e não encontrava um só traço pelo qual se pudesse me reconhecer. Era invisível. Era a menina-massa. Teria trocado sem vacilar meus lindos traços harmoniosos pelo nariz de Arturito.

Porque para terminar seu retrato me faltava mencionar o traço mais notável, o desmesurado nariz ganchudo que ele tinha, tão mas tão grande que dava sua forma a todo o rosto, projetava-o para frente. Outra característica notável: a voz. Ou melhor, a maneira de falar, como se lhe tivessem inflado a boca com gás ou tivessem metido uma batata quente nela. Dava-lhe uma afetação meio oligárquica, indescritível mas não inimitável. Nada é inimitável.

Arturito se considerava rico. Acreditava ser um herdeiro. Descendente final e único de uma família de prósperos estancieiros, a lógica lhe dizia que nele se acumulariam as propriedades, as rendas... Não havia nada disso. Eram pobríssimos. Sobreviviam a duras penas com uns trabalhinhos de costura que fazia a avó, a qual se arruinava com os gastos de alfaiataria do neto. Era estranho que ele continuasse seu delírio sem se comover, já que ela não falava em outra coisa que dinheiro e miséria e o medo de deixar seu neto na mendicância se ela morresse... É claro, isso ela dizia em seu dialeto, e ninguém além dele entendia. Mas, justamente, sim, entendia. Como não entenderia o significado, o que lhe dizia respeito, ou seja: que não era rico? Ouvia-a como quem ouve chover. Como se ela se queixasse para os outros, *pour la galerie*, para os que não podiam entendê-la!

Apesar dessas peculiaridades, ou por causa delas, Arturito era um menino feliz, um menino típico (ou seja: dos que não existem), livre dos traços atormentados da infância de classe média, da que eu era um expoente tão significativo. Não tinha preocupações. Era muito popular na escola, lançador de todas as modas, sociável, triunfante. Só a circunstância de vivermos na mesma casa aproximou-o de mim; de outra forma, eu jamais teria tido acesso ao seu círculo dourado. Tornou-se meu protetor, meu agente, sempre colocando minha inteligência nas nuvens. Era de uma cortesia louca em tudo o que fazia. Toda ocasião era boa para destacar as minhas virtudes, elevava meu intelecto às alturas, acima do seu... E talvez acertasse sem saber. A princípio, eu reservava minha interioridade, enquanto ele colocava a sua à vista. Esconder algo é ter algo a esconder. Eu não tinha, mas escondia, me mostrava ao mundo como quem voltava depois de enterrar um tesouro. Já o meu assombro diante do acaso que havia feito de mim a amiga mais íntima do menino mais popular da escola era dissimulação. A princípio, cuidei de escondê-lo de Arturito. E além do mais, não tive lições de elegância com ele. Nisso não me servia. A elegância alucinada de que eu era suprema instrutora permaneceu intacta em mim, sem tomar nada dele nem de ninguém. Arturito, nesse sentido, representava outra esfera, a da riqueza... Sua alucinação dava cor à minha... Ser rico era passar ao largo, ir além da elegância, da precisão, da fineza: a riqueza conduzia a uma vida em bloco, radiante e compacta, mas sem os claro-escuros, os pequenos movimentos diferenciais, que eram o motivo da minha vida. De modo que, sem me propor realmente a isso, sem maldade, me escondi inteiramente de Arturito. Escondi-lhe uma pequena parte de mim, e essa parte escondeu o restante... Traí a única amizade que podia ter tido... Não sei como pude fazer isso. Ou talvez saiba. É como se eu houvesse posto uma máscara para proteger por trás dela as reviravoltas de um sujeito sem limites.

Uma das fantasias mais antigas de Arturito era a das festas à fantasia, grandes bailes de máscaras que ele dava para suas inúmeras amizades todos os anos, no carnaval. Parecia um disparate, mas ele falava sobre elas com a mais inquebrantável certeza, e era inesgotável em suas anedotas de festas de carnavais anteriores. Mamãe e eu tínhamos ido morar na pensão pouco depois do carnaval (muito pouco depois), e faltava bastante para o próximo, então não havia maneira de saber se esses relatos tinham alguma verdade ou não. Para Arturito, uma festa à fantasia era um *sine qua non* da vida. Ele mesmo parecia estar sempre fantasiado, com seus terninhos. Embora a primavera recém despontasse, já pensava em sua fantasia para a festa que daria no carnaval seguinte, para a qual eu estava convidado desde já... se é que me dignasse a comparecer, se eu lhe desse a honra, se condescendia em me divertir um pouco com essas frivolidades tão abaixo do meu nível...

Eu não o considerava muito imaginativo. Não era, em comparação a mim. Era demasiado imaginativo, também aqui se passava um pouco (para o meu gosto), e ficava numa espécie de névoa radiante em que se podia ser feliz, sendo imaginativo em demasia – quero dizer, rico, aristocrático, despreocupado – mas perdia o vigor criativo da imaginação. Ele tivera a ideia de usar uma fantasia de astrônomo, e disso não o dissuadiam. Não podia especificar nada sobre os conteúdos: para ele era só uma palavra, "astrônomo" e algumas coisas anexas cativantes e "belíssimas" (uma palavra muito sua) como as estrelas, as constelações, as galáxias...

Mas quando me perguntava de que eu iria, eu que era mil vezes mais rica em imaginação do que ele, não conseguia lhe dizer nada.

Então, ele quis colaborar. Era de tarde, depois da escola, antes das radionovelas. Estávamos no pátio da pensão, e reinava um desses silêncios mortos que só as crianças, viajantes ao mais profundo do dia, podem ter ao seu redor. Ele me disse que tinha uma coisa que podia me servir, uma coisa que, embora não fosse uma fantasia, podia me dar uma ideia, um começo... Escapuliu para dentro do quarto. O silêncio persistia. Não se escutava a avó... Era esse silêncio de quando todos dormiam ao mesmo tempo, mas não era a hora da sesta: era uma casualidade. Senti uma inquietação, um desassossego: Arturito era tão impulsivo, entendia tão pouco do mundo lá fora... com o que apareceria? Podia me ofender sem querer. Tive uma pontada de medo que não durou muito tempo. Confiava em minha impassibilidade, que era sobrenatural.

Não havia com o que se preocupar. O que ele trouxe foi um nariz de papelão. Tinha usado o nariz numa das brincadeiras que estava sempre fazendo... Sua primeira e última filosofia era que uma vida social intensa exigia muito consumo de humor, pelo menos humor como ele o entendia, humor brincalhão, que deixasse uma lembrança risonha. Não era nada mais do que um nariz, enorme, isso sim, com uma borrachinha para ajustá-lo... Um nariz grande como o dele, maior... Mas com a mesma forma. Tive um arroubo de entusiasmo, tão infantil. Era para mim? Isso nem se perguntava. Arturito era um mar de desprendimento, às vezes. Às vezes era loucamente avarento. Era tão contraditório. Ele mesmo me colocou o nariz. Não porque me considerasse atrapalhada... Sabia que eu era pouco acostumada a gestos mundanos, mas pela superioridade que me atribuía. Ficou perfeito. Ele me olhou e disse que eu estava fantasiada pela metade. Tinha o embrião, o toque da fantasia, o resto era complementar... Um vestido velho de minha mãe... Em seguida ele também estava entusiasmado, ou já estava desde antes... Mas seu entusiasmo começava a se curvar sobre ele... eu já estava vendo tudo. Tínhamos 6 e 7 anos, a urgência nos dominava... Era como se a festa fosse naquela mesma noite... O silêncio sobrenatural que reinava na casa havia anulado o tempo. Arturito teve uma ideia e voltou correndo a seu quarto... Voltou castanholando alguma coisa na mão. Era a dentadura de porcelana da avó. Não me surpreendeu o fato de que tivesse conseguido roubá-la, a anciã não a usava permanentemente... O taque-taque que vinha fazendo com ela ressoava no silêncio, no qual tudo se podia roubar... Era o que faltava depois do nariz: a dentadura. Quis que eu a experimentasse... mas é claro que me neguei... Eu jamais colocaria aquilo na boca, era obcecado em relação a tudo que tivesse sido chupado... Ele a pôs; deformava-o, sobretudo quando ria... Imaginei o que viria depois: agora ele queria o nariz... Levei as mãos ao rosto para protegê-lo, num gesto instintivo. Ele teve a inocência de mencionar o Astrônomo, queria ser o Astrônomo com dentadura e nariz... Se tivesse me pedido, o devolveria sem vacilar... Mas houve uma segunda curvatura, sua generosidade se impunha e ao mesmo tempo transcendia... Colocaria um fio na dentadura e a penduraria no pescoço, seria Canibal... Ou melhor... o nariz pendurado no pescoço, a dentadura como um prendedor de cabelo... Ou um nariz a mais no peito, a dentadura na axila... Houve um instante de combinação absurda, de ir e vir pelo meu corpo... nariz e dentadura... Era inevitável que pensasse nisso... talvez eu tenha pensado nisso um momento antes, isso nunca se sabe, é quase objetivo... O nariz deveria estar em cima do meu nariz, não poderia haver outro lugar... E a dentadura a mordê-lo... Era a fantasia completa, sem mais: a menina mordida pelo fantasma. Graças ao fantasma, não importava que o carnaval fosse seis meses depois, abria uma fenda em todo o tempo... Aplicou-a mordendo num ângulo perfeito... Há improvisações que valem toda a arte... fincou os dentes no papelão, sem me tirar o nariz... Eu me preocupava que estivesse estragando seu nariz de papelão, mas Arturito, mais que generoso, era sacrificatório, não lhe importava destruir suas coisas se era para rir um pouco, para se divertir gostosamente... Esses dentinhos de porcelana pareciam de rato, afiados... Eu não sabia que eram de porcelana, achava que eram de um morto, achava que as dentaduras postiças eram feitas com dentes de mortos; há muita gente que acha isso... Atravessaram o papelão... Arturito ria até chorar, trabalhava sobre mim com essa falta de jeito hábil... Eu queria me olhar num espelho... embora na verdade não precisasse, podia me ver nos olhinhos cinza do meu amigo... era fenomenal... a menina que havia sido mordida por um fantasma... Mas em sua paixão, a paixão pela fantasia, que dominava sua vida, Arturito foi muito longe. Apertou demais. A pinça de dentes, de dentes que se revelavam subitamente horríveis dentes de morto, se cravou no meu nariz... Porque debaixo do narigão de Arturito (o de papelão) estava o meu nariz, o verdadeiro... Não foi tanto a dor quanto a surpresa... Tinha me esquecido da minha carne, e a recordei com terror, mordida, asfixiada... Dei um grito arrepiante... Tinha certeza de que ele havia me mutilado, agora eu seria um monstro, uma caveira... Arturito deu um passo para trás, assustado. Minha expressão gelou o sangue em suas veias... nunca se esqueceria disso... mas como uma anedota chistosa, mais uma, das tantas que tinha, talvez a melhor, a mais engraçada... embora naquele momento não entendesse... Ele viu, e eu me vi em seus olhos assustados, quando me soltei de suas mãos, me retorcendo, e saí correndo, chorando e gritando... a toda a velocidade, apavorada... Aonde ia? Para onde fugia? Se eu soubesse! Fugia das brincadeiras, do humor, das anedotas futuras... fugia da amizade, e não com desdém, para ir fazer algo mais importante, como acreditava o ingênuo do Arturito: era o horror que dava asas aos meus pés, somente o horror mais sombrio.

# 10

Todas as coisas que haviam acontecido tinham ajudado a fazer o tempo passar. De repente, eu, que não notava nada, sentia que o ar mudava de consistência, que fazia menos frio, que os dias eram mais longos... Chegava a primavera. Era como se o ano ficasse para trás, e, ao fazê-lo, se fundisse num bloco morto, estranho a mim. Expelia todas as pequenas diferenças, os movimentos, tremores, pensamentos, expulsava-os todos do presente, onde eu tateava uma novidade um tanto selvagem, que me embriagava. Não é que me deixasse levar pelo otimismo – minha experiência era por demais unilateral para isso e, de qualquer forma, não seria do meu estilo. Era sobretudo a percepção de um ciclo, mas como a minha vida, podia-se dizer, havia começado naquele outono, pouco depois da nossa chegada a Rosário, eu não via o céu em sua repetição, mas em sua linha reta. Para resumir, acreditei que as coisas estavam por mudar.

E por que não mudariam, se o mundo mudava ao meu redor, e eu mesma mudava também? A escola já não me chamava a atenção, a ausência de papai também não, a brincadeira de professora também não, o rádio também não, Arturito também não. Era como se tudo se gastasse e ficasse transparente... E eu me aferrava à transparência, mas sem angústia, sem dor, como se não fosse me aferrar a ela, mas a atravessar, como um pássaro. Sentia o desejo de espaços abertos, como os havia vivido em Pringles, embora eu não tivesse lembranças de Pringles; uma amnésia total me separava da minha vida anterior a Rosário, que havia sido a invenção da minha memória. Mas os espaços de Pringles não eram uma lembrança. Eram um desejo, uma espécie de felicidade, que podia estar em qualquer lugar; tudo o que tinha que fazer era abrir os olhos, estender a mão...

Esse espaço, essa felicidade, tinha uma cor: rosa. O rosa dos céus ao entardecer, o rosa gigante, transparente, longínquo, que representava a minha vida com o gesto absurdo de aparecer. Eu era gigante, transparente, longínqua, e representava o céu com o gesto absurdo de viver. Minha vida era minha pintura. Viver era me colorir com o rosa da luz suspensa, inexplicável...

Em nosso bairro as casas eram baixas, as ruas amplas, os espetáculos celestes estavam ao alcance da mão. Mamãe começou a me deixar ir sozinha à escola, que estava a quatro quadras. Eu fazia o trajeto lenta e difusamente, sobretudo ao regressar, quando começava o crepúsculo. Eu ganhava a liberdade, a vagabundagem. Descobria a cidade... Sem entrar nela, é claro, me limitando ao meu canto marginal... Adivinhava-a de lá, principalmente do rio, ao qual todos os dias dirigia o olhar, porque estávamos perto e sempre havia uma oportunidade. É claro, não perdia uma oportunidade de sair. Acompanhava mamãe cada vez que ela saía... Na verdade, sempre a havia acompanhado, ela não se atrevia a me deixar sozinha no quarto, sabe-se lá com que temores. Mas agora eu havia inventado um modo de acompanhá-la que adorava. Tudo de que gostava virava um vício para mim, uma mania. Não conhecia meios-termos. Mamãe teve que se resignar, embora eu lhe causasse todo o tipo de problemas e inquietações. O que eu fazia eram as "perseguições". Deixava que ela fosse na frente, a cem metros, mais ou menos, e me escondia, e depois a seguia, escondida, indo de uma árvore a outra, de um saguão a outro... Eu me escondia (pelo prazer da ficção, já que ela, enfastiada, acabava não se virando para me olhar) atrás de qualquer coisa que me cobrisse, um carro estacionado, um poste de luz, algum pedestre... Quando ela virava a esquina, eu corria até lá e a espiava, deixava que se afastasse, espreitava a ocasião de ganhar terreno escondida... Se a visse entrar numa loja, esperava escondida, o olhar fixo na porta... Quando chegava em casa, de volta, era um anticlímax. Eu ficava meia hora na esquina para ver se ela sairia novamente, por fim entrava, e na maioria das vezes recebia um tabefe, minhas estratégias a deixavam nervosa, e não era para menos. Quase sempre a perdia. Eu me aproveitava, tornava tudo mais difícil do que deveria ser, e a distância que nos separava já não era nem pouca nem muita, porque havia desaparecido. Daí eu voltava para casa, me escondia no saguão, não sabia se ela tinha voltado ou não... e ela às vezes precisava interromper suas compras para voltar, quando ficava evidente que eu não a estava seguindo... Daí ela me dava um tabefe e saía de novo, mas me arrastando pela mão, que apertava até fazer estalar meus ossos... Eu era incorrigível. A brincadeira era minha liberdade. Curiosamente, enquanto a praticava, nunca me dava as minhas famosas instruções mentais, embora essa atividade fosse ideal para isso... É que as perseguições já eram instruções em si, eram mapas, eram cidade... Mamãe não saía de uma área muito limitada ao redor de nossa morada, sempre as mesmas ruas, os mesmos trajetos, o armazém, o açougue, a peixaria, a quitanda... Não havia perigo de que eu me perdesse. Era ela quem eu perdia, sempre, cedo ou tarde, mas eu não me perdia. Embora ela não renunciasse ao temor de que eu me extraviasse. E não podia nos surpreender que acontecesse. Não sei como nunca me perdi.

O que eu não conseguia entender é como poderia me perder dela, como poderia se furtar à minha tenaz e lúcida perseguição: quando pensava nisso, era a tarefa mais simples do mundo. Em meu subconsciente, sabia bem que a última coisa que mamãe queria era que eu a perdesse de vista. Só no meu jogo ela era uma astuta delinquente que percebia que a sutil detetive a estava seguindo, e a desorientava, ou tentava fazer isso, com manobras sagazes... A pobre mamãe teria me levado numa coleira. Mas, incapaz de impedir que eu me demorasse e me escondesse num saguão esperando tê-la a uma certa distância, a única coisa que pedia era que eu não a perdesse de vista... Por ela, iria deixando uma trilha de migalhas ou de botões, ou teria se tornado fosforescente ou teria levado uma bandeira no alto, para que a idiota de sua filha não se perdesse outra vez... Mas não podia. Não podia colocar-se em evidência demais, porque isso teria significado entrar no meu jogo; teria sido fácil para ela, caminhar devagar pelo meio da calçada, bem visível, parar por um minuto em todas as esquinas, fazer o mesmo na porta das lojas onde ia entrar... Assim teria certeza de que eu continuava atrás. Mas não podia entrar no meu jogo, não que não quisesse, mas não podia, era quase uma questão de vida ou morte, não podia entrar no meu jogo, não podia me dar essa importância. E muito menos podia dificultá-lo deliberadamente para mim, se esconder, se livrar de mim já desde o início, isso teria oferecido dificuldades, tudo bem, mas era duplamente impossível, porque aí intervinham seus sentimentos maternais, sua preocupação. A única coisa que lhe restava era agir com naturalidade, fazer suas compras como se fosse sozinha, como se ninguém a estivesse seguindo... Mas também não podia! Isso menos ainda. Como poderia, se tinha às costas o meu olhar, se sabia perfeitamente que eu vinha a cem metros atrás, escondida atrás de um cachorro, de uma lixeira? O que lhe restava então? Via-se obrigada a uma combinação das três impossibilidades, negando-se sempre a qualquer uma delas e ricocheteando de uma a outra...

Encorajada pelos meus fracassos (quem terá sido encorajado por seus triunfos!) comecei a tornar tudo mais difícil. Em vez de cem metros de distância, eram duzentos. Perdia-a de vista já desde o começo, direto. Não era mais uma perseguição visual, era adivinhatória. A influência das minhas instruções, que acabaram por moldar a minha relação com o mundo, me fez progredir nesse sentido, e eu deveria fazer tudo com extrema sutileza e eficácia... Que falhasse era secundário. O imprescindível vinha antes. Além do mais, desse modo a sensação de uma caçada era mais forte, mais intensa... A partir daí houve uma evolução. Quando perdia mamãe de vista, e tratava cada vez mais de que isso acontecesse no início do passeio, começava a sentir que *eu* era perseguida.

Essa sensação foi crescendo de modo exponencial. Tive a genial ideia de comentá-la com mamãe. Minha imprudência era assombrosa. A princípio não me deu ouvidos, mas insisti justamente o necessário antes de retroceder para que ela se inquietasse. Aconteciam tantas coisas tão terríveis... Ela me perguntava se eu tinha visto quem estava me seguindo, se era homem ou mulher, jovem ou velho... Eu não sabia como lhe dizer que falava de outra coisa, de sensações, de sutilezas, de "instruções".

– Você não sai mais na rua se não for de mãos dadas comigo!

Naquela época, a imprensa marrom estava fazendo um banquete com os cadáveres exangues de crianças de ambos os sexos violentadas em terrenos baldios... Sem sangue nas veias. Era uma onda de vampiros que assolava o país. Mamãe era uma mulher de cidade pequena, não muito ignorante (tinha feito um ano do secundário) mas era crédula, simples... Que diferentes éramos! Ela não apenas acreditava nas notícias da imprensa marrom (se fosse por isso, eu também poderia acreditar nelas), como também as aplicava à sua própria vida real... Aí estava nossa diferença principal, o abismo que nos separava. Eu tinha uma vida real totalmente separada das crenças, da realidade comum composta por crenças compartilhadas...

Pois bem, uma vez, num desses transes... Tinha me perdido completamente de minha mãe, e já não sabia se seguir em frente, virar a esquina ou voltar direto para casa, que estava a duas quadras, nada mais.

E isso que acabávamos de sair, e mamãe demoraria uma boa meia hora para voltar, nervosa, inquieta por minha causa, talvez sem poder terminar suas compras por minha culpa... Uma desconhecida me abordou:

– Olá, César.

Ela sabia o meu nome. Eu não conhecia ninguém, ninguém me conhecia. De onde havia saído? Podia morar na pensão ou ser de alguma das lojas onde mamãe fazia as compras; para mim, todas as senhoras eram iguais, então podia ser qualquer uma, não me assustava muito não a conhecer. Estranhíssimo era que me dirigisse a palavra. Porque não se tratava apenas de quem era ela, mas, muito mais, de quem era eu. Eu estava tão convencida da minha própria imperceptibilidade, de meus traços comuns e anódinos, que só podia aceitar isso como um milagre. Associei-o às marquinhas que tinha no nariz, ao qual levei a mão.

– O que aconteceu no seu narizinho? – me perguntou sorrindo, interessada.

– Me morderam – eu disse, sem entrar em detalhes, não porque não quisesse lhe contar toda a história (me prometi chegar a fazer isso) mas por cortesia, para não a chatear, para lhe poupar tempo.

– Que barbaridade. Foi um menino, um amiguinho malvado? Ou foi um cachorrinho?

Irritou-me que insistisse. Ela demonstrava não haver apreciado minha cortesia. Eu tinha pressa de passar a outro assunto, de esclarecer a situação, para então, sim, poder lhe contar a história da mordida com todos os detalhes. Dei de ombros com um sorriso que a impaciência tornou difícil de realizar.

Como se tivesse lido meu pensamento, foi ao que interessava.

– Você se lembra de mim?

Assenti, com o mesmo sorriso, agora um pouco mais relaxado, mais encantador. Ela se sobressaltou visivelmente, mas se controlou em seguida. Sorriu mais ainda.

– Você se lembra, sério?

Voltei a assentir, mas o gesto já tinha um sentido totalmente diferente. Este sentido me escapava em seus detalhes, embora o adivinhasse obscuramente. Essa mulher não me conhecia, na verdade, estava me mentindo, era uma sequestradora, um vampiro... A adivinhação contém uma margem de incerteza. E a cortesia, a cautela da cortesia, se projetava a partir dessa margem e invadia tudo. Mesmo quando eu acreditava na existência dos vampiros, teria tido menos medo deles do que de uma ruptura da situação. A cortesia era uma fixação, um equilíbrio. Para mim, a vida dependia disso. Cair nas mãos de um vampiro não era pior. Além do mais, eu não acreditava em vampiros, e esta mulher não era um vampiro. De modo que, ao assentir, o que queria dizer era que a situação permanecia como estava.

– Não, você não lembra, mas não importa. Sou amiga de sua mãe, mas faz muito que não a vejo. Nos conhecemos de Pringles... Como ela está?

– Muito bem.

– E seu Tomás?

– Está preso.

– Sim, fiquei sabendo.

Era uma mulher comum, morena mas com o cabelo pintado de ruivo, mais para baixa, gorducha, muito arrumada... Ela tinha um quê de histérica, de alucinada. Isso eu sentia na intensidade da cena. Não era a maneira natural de se dirigir a uma menina encontrada por acaso na rua. Parecia que tinha ensaiado, que estava atuando num drama fundamental para ela. Isso não me assustava muito porque existe gente assim, gente, sobretudo mulheres, que não hierarquiza os momentos e dá a todos a mesma importância trágica.

– O que você faz sozinho na rua? Saiu para comprar alguma coisa?

– Sim.

Ela me olhava, abismada. Meus "sim" atrapalhavam todos os seus esquemas. Então, jogou tudo o que tinha:

– Quer visitar minha casa? Eu moro aqui perto, posso lhe oferecer umas bolachinhas...

– Não sei...

Subitamente, a realidade, a realidade do sequestro, aparecia. E eu não estava preparada para isso. Não acreditava. Minha cortesia era a minha idiotice. Por delicadeza, renunciava a tudo, até a vida. O medo que se apossou de mim a partir desse momento foi imenso. Mas o medo ficava sob a delicadeza, e não era sempre assim? Que grande surpresa eu teria tido em caso contrário.

– Depois eu o levo de volta para casa. Quero cumprimentar a sua mãe, faz tanto tempo que não a vejo.

Esperou pela minha resposta, com sua intensidade multiplicada por mil.

– Ah, então sim – eu disse, teatral, exagerando minha boa vontade. Era o mínimo que podia fazer por ela, para lhe agradecer pelo trabalho de remover os obstáculos.

Ela me pegou pela mão e me arrastou rapidinho até a avenida Brown. Falava o tempo inteiro, mas eu não a escutava. A angústia me afogava. Quando me olhava, eu lhe sorria. Adaptava-me ao seu passo, apertava sua mão tanto quanto ela apertava a minha. Pensava que, deixando bem clara minha boa disposição, tornava descabida a hipótese de um sequestro. Num piscar de olhos, estávamos dentro de um ônibus, viajando por ruas desconhecidas. O ônibus estava meio vazio, mas ela falava para o público, me enchia de carinhos, me chamava pelo meu nome o tempo todo, César, César, César. Eu adorava que pronunciassem meu nome, era a minha palavra favorita.

– Você lembra quando era pequenininho, César, e eu o levava para tomar sorvete?

– Sim.

Mentia, mentia. Eu não tinha tomado um sorvete em toda a minha vida!

Eu entrava na atuação, me adiantava a ela, esperava-a... Levei a cortesia ao extremo absurdo de supor que ela havia me confundido com outra menina, que se chamava como eu, que havia nascido em Pringles, e cujo pai estava preso... Nesse caso, que decepção teria ao descobrir a verdade... Inclusive poderia ficar brava, porque meus "sim" se revelariam mentiras, excessos de cortesia.

Descemos num bairro distante e desconhecido, e caminhamos algumas quadras, sempre de mãos dadas... Mas sua atitude tinha se abalado um pouco, a loucura que tinha controlado com tanto esforço subia à tona, tingida de violência, de sarcasmo. Eu me sentia obrigada a acentuar minha cortesia, diante de um colapso iminente.

– Mamãe vai ficar tão contente em vê-lo!

– Sim. Contentíssima.

– Que lindo bairro!

– Você gosta, Cesitar?

– Sim.

Que sinistra tinha ficado sua voz! Meu diagnóstico foi definitivo: essa mulher estava louca. Só um louco poderia renunciar a um *status quo* imaginário. Só um louco poderia adotar o real da realidade. Tentei não pensar que estava nas mãos de uma louca. Afinal, o que poderia fazer comigo?

Chegamos. Abriu com chave a porta de uma casa velha. Fechou-a por dentro. A casa estava semiabandonada. Sempre de mãos dadas (não havia me soltado em nenhum momento, realizou toda a manobra da chave e da porta com a mão esquerda), me levou por um corredor, passando por uns quartos escuros, depressa e sem falar. Eu procurava algo amável para dizer, mas antes de o encontrar já estávamos num salão nos fundos da casa. Ela acendeu a luz, pois não havia janelas. Tínhamos chegado. Soltou-me e se afastou dois passos, caminhando para trás. Olhou para mim com os olhos flamejantes.

Mostrava sua verdadeira natureza, a cara de bruxa... Mas não era necessário, eu já a tinha desmascarado com a minha cortesia. Agora ela queria me convencer do contrário do que havia se esforçado tanto, inutilmente, para me fazer acreditar. Tinha feito um esforço sobre-humano para me convencer de que era boa... Agora queria me convencer de que era má... A conversão não era tão fácil como ela acreditava. Minhas manobras tinham neutralizado a crença nas duas direções opostas.

– Sabe quem eu sou?

Afirmativa sorridente.

– Sabe quem eu sou, bestinha?

Afirmativa sorridente.

– Sabe quem eu sou, ranhento idiota? Eu sou a mulher do sorveteiro que o animal do seu pai matou. A viúva! *Essa* sou eu!

– Ah. – Outra afirmativa sorridente. Nem eu mesmo conseguia acreditar na minha obstinação: ainda tratava de manter a comédia. Afinal, era o mais lógico. Se havia chegado tão longe, podia continuar indefinidamente.

– Há meses que venho vigiando vocês, você e a mosca-morta da sua mãe. Não vão escapar impunemente. Deram oito anos para aquele animal, só oito anos! E ele matou o meu pobrezinho, matou-o...

Nesse momento, sem querer, cometi a pior descortesia: sorri, dei de ombros e disse:

– Eu não sei...

Eu sabia muito bem do que se tratava. Sabia o que era uma vingança: talvez não soubesse outra coisa. Mas a única possibilidade de insistir em minha tessitura cortês era me fazer de inocente, de alheia a todas essas coisas de adultos que eu não entendia. Talvez por saber que era minha última chance para a cortesia, nos gestos e nas palavras confluíram todas as minhas habilidades de atriz nata. Saíram-me perfeitamente. Essa foi a minha perdição. Qualquer outra coisa que eu tivesse dito poderia ter me salvado, ela poderia ter se arrependido da horrenda *vendetta* que estava prestes a consumar... Afinal de contas, era mulher, tinha coração, podia se comover, eu era uma menininha de 6 anos, toda inocência, não era culpada de nada e no fundo ela sabia disso... Mas o meu "eu não sei" foi tão perfeito que a enlouqueceu totalmente, deixou-a cega. Meu sorriso, ainda cortês, ainda "como a senhora disser", era o fim do caminho para ela. Despojava-a do trágico, da explicação, e nesse momento a explicação era tudo o que restava.

Não disse mais nada. No salão havia uma grande quantidade de trastes metálicos: os restos de uma sorveteria. Ela tinha preparado tudo. Ligou um motorzinho (as conexões eram precárias, essa instalação não deveria servir para mais que uma ocasião) e, sob seu zumbido, ouviu-se o glu-glu de um creme sendo batido. Ela olhou para dentro de um balde de alumínio, atirou a tampa ao chão, desligou o motor... Meteu a mão e a retirou cheia de sorvete de morango, que lhe escorria entre os dedos...

– Gosta disto?

Eu estava paralisada, mas senti os preparativos da minha autômata de madeira para uma última "afirmativa sorridente" ainda... Isso era o cúmulo do espanto... Por sorte não tive tempo. Ela pulou em cima de mim, levantou-me no ar feito uma boneca... Não resisti, estava dura... Ela não havia limpado a mão suja de sorvete, que me atravessou a camisa à altura das axilas e me fez cócegas de frio. Levou-me ao balde e me jogou de cabeça dentro dele... era um balde grande, e eu era diminuta, e, como o creme não estava muito sólido, consegui girar até tocar com os pés no fundo. Mas ela pôs a tampa antes que eu pudesse levantar a cabeça, e a enroscou sobre o creme que se derramava. Prendi o fôlego, porque sabia que não poderia respirar afundada no sorvete... O frio me cortou até os ossos... meu pequeno coração palpitava a ponto de explodir... Soube, eu que nunca tinha sabido nada na verdade, que isso era a morte... E tinha os olhos abertos, por um estranho milagre, via o rosa que me matava, via-o luminoso, belo demais para suportá-lo... devia estar vendo o rosa não com os olhos, mas com os nervos ópticos transformados em sorvete, sorvete de morango... Meus pulmões explodiram com uma dor estridente, meu coração se contraiu uma última vez e parou... o cérebro, meu órgão mais leal, persistiu por mais um instante, apenas o necessário para pensar que o que estava me acontecendo era a morte, a morte real...

*26 de fevereiro de 1989*

# A COSTUREIRA
# E O VENTO

Nestas últimas semanas, desde antes de vir a Paris, estive buscando um argumento para a novela que quero escrever: uma novela de aventuras sucessivas, cheia de prodígios e invenções. Até agora nada me ocorreu, fora o título, que tenho há anos e ao qual me aferro com uma obstinação vazia: "A costureira e o vento". A heroína tem que ser uma costureira, e no tempo em que havia costureiras... e o vento, seu antagonista; ela, sedentária; ele, viajante, ou o contrário: a arte viajante, a turbulência fixa. Ela, a aventura; ele, o fio das aventuras... Poderia ser qualquer coisa, deveria ser qualquer coisa mesmo, qualquer capricho, ou todos, se uns começam a se transformar nos outros... Desta vez, quero me permitir todas as liberdades, até as mais improváveis... Embora o mais improvável, devo admitir, seja que este projeto funcione. Os ventos da imaginação não lhe carregam a não ser quando você não está disposto a ser carregado, ou melhor, quando se dispôs ao contrário. E, além do mais, existe a questão de encontrar um bom argumento.

Pois bem, ontem à noite, esta manhã, ao amanhecer, meio adormecido ainda, ou mais adormecido do que pensava, me ocorreu um assunto, rico, complexo, inesperado. Não todo, só o começo, mas era justamente do que necessitava, o que tinha estado esperando. O personagem era um homem, o que não constituía um obstáculo, porque podia fazer dele o marido da costureira... Seja como for, quando estava desperto já tinha me esquecido. Lembrava apenas que o tive, e que era bom, e que já não o tinha mais. Nesses casos não vale a pena espremer o cérebro, sei por experiência própria, porque nada volta, talvez porque não haja nada, nunca houve nada, fora a sensação perfeitamente gratuita de que sim, havia... No entanto, o esquecimento não é completo; sobra um pequeno resquício vago, e tenho a ilusão de que nele existe uma ponta que posso puxar e puxar... embora, então, para continuar com a metáfora, ao puxar essa linha terminasse apagando a figura do bordado e me sobrasse entre os dedos um fio branco sem sentido. Trata-se... Vejamos se posso resumir em algumas frases: um homem tem uma premonição muito precisa e detalhada sobre três ou quatro coisas que vão acontecer, todas encadeadas, no futuro imediato. Não são coisas que acontecerão a ele, mas a três ou quatro vizinhos, no campo. Ele entra num movimento acelerado para fazer valer sua informação: a pressa é necessária porque a eficácia do truque está em chegar a tempo ao ponto em que os acontecimentos coincidem... Corre de uma casa a outra feito uma bola de bilhar ricocheteando no pampa... Vou só até aí. Não vejo mais nada. Na realidade, o que menos vejo é o mérito novelesco desse assunto.

Tenho certeza de que no sonho essa agitação insensata vinha envolta numa mecânica precisa e admirável, mas já não sei qual era. A chave foi apagada. Ou será que eu a devo fornecer, com meu trabalho deliberado? Se assim é, o sonho não tem a menor utilidade e me deixa tão desamparado quanto antes, ou mais. Mas resisto a desistir dele, e nessa resistência percebo que existe outra coisa que poderia resgatar das ruínas do esquecimento, e é precisamente o esquecimento. Apoderar-se do esquecimento é pouco mais do que um gesto, mas seria um gesto coerente com a minha teoria da literatura, pelo menos com o meu desprezo pela memória como instrumento do escritor. O esquecimento é mais rico, mais livre, mais poderoso... E na raiz dessa ideia onírica deve ter havido um pouco disso, porque essas profecias em série, tão suspeitas, desprovidas de conteúdo como são, parecem ir parar todas num vértice de dissolução, de esquecimento, de realidade pura. Um esquecimento múltiplo, impessoal. Devo anotar, entre parênteses, que o tipo de esquecimento que apaga os sonhos é muito especial e muito adequado aos meus fins, pois se baseia na dúvida sobre a existência real do que deveríamos estar recordando; suponho que, na maioria dos casos, se não em todos, só consideramos esquecido algo que na realidade não aconteceu. Esquecemo-nos de nada. O esquecimento é uma sensação pura.

O esquecimento se torna uma sensação pura. Deixa cair o objeto, como num desaparecimento. É toda a nossa vida, esse objeto do passado, que cai, então, nos redemoinhos antigravitacionais da aventura.

Na minha vida houve pouca aventura. De fato, nenhuma. Não me lembro de nenhuma. E não acho que seja casualidade, como quando você começa a pensar e percebe, surpreso, que no decorrer do ano ainda não viu nenhum anão. Minha vida deve ter a forma dessa falta de aventuras, o que é lamentável, porque seriam uma boa fonte de inspiração. Mas eu mesmo busquei essa falta de aventuras, e no futuro vou fazer isso deliberadamente. Há alguns dias, antes de partir, refletindo, cheguei à conclusão de que não voltarei a viajar nunca mais. Não sairei em busca da aventura. Na realidade, não viajei nunca. Esta viagem, como a anterior (quando escrevi *El Llanto*), pode virar nada, uma espiral da imaginação. Se agora escrevo nos cafés de Paris *A costureira e o vento*, como havia me proposto, é para acelerar o processo. Que processo? Um que não tem nome, nem forma, nem conteúdo. Nem resultados. Se me ajuda a sobreviver, o faz como poderia tê-lo feito um pequeno enigma, uma adivinhação. Acho que sempre deve restar perdido esse ponto intrigante para que um processo se sustente no tempo. Mas não se descobrirá nada no final, nem no princípio, a resolução foi tomada de antemão: nunca voltarei a viajar. Agora estou num café de Paris escrevendo, dando expressão a resoluções anacrônicas tomadas no próprio coração do medo da aventura (num café do meu bairro, Flores). Uma pessoa pode chegar a acreditar que tem outra vida, além da sua, e logicamente acredita que a tem em outro lugar, esperando por ela. Mas bastaria fazer o teste só uma vez para saber que não é assim. Uma viagem só basta (eu fiz duas). Existe uma vida só, e está em seu lugar. E, no entanto, algo tem que haver acontecido. Se escrevi, foi para interpor o esquecimento entre mim e minha vida. Nisso tive sucesso. Quando alguma recordação aparece, não traz nada, só a combinação de si mesma com seus restos negativos. E o redemoinho. E eu. De algum modo, a Costureira e o Vento têm a ver, são o mais apropriado, eu diria quase a única coisa adequada, a esta citação estranha. Queria que fossem pura invenção de minha alma, agora que minha alma foi extraída de mim. Mas não são de todo, nem poderiam ser, porque a realidade, ou seja o passado, os contamina. Levanto barreiras que pretendo formidáveis para impedir a invasão, embora saiba que é uma batalha perdida. Não tive uma vida aventureira para não me abarrotar de recordações. "(...)Talvez seja um ponto de vista exclusivamente pessoal, mas sinto uma irreprimível desconfiança se ouço dizer que a imaginação dará conta de tudo.

"A imaginação, essa faculdade maravilhosa, não faz, se a deixamos sem controle, nada mais do que se apoiar na memória.

"A memória faz vir à luz coisas sentidas, ouvidas e vistas, um pouco como, nos ruminantes, um bolo de pasto retorna. Pode estar mastigado, mas não está digerido nem transformado." (Boulez)

Não é acaso, eu disse. Tenho um motivo biográfico para sustentar essas razões. Minha primeira experiência, o primeiro desses acontecimentos que deixam marcas, foi um desaparecimento. Eu tinha 8 ou 9 anos, brincava na rua com meu amigo Omar, e tivemos a ideia de subir num reboque de caminhão* vazio, estacionado em frente às nossas casas (éramos vizinhos). O reboque era um retângulo muito grande, do tamanho de um quarto, com três paredes de madeira muito altas e sem a quarta, que era a de trás. Estava perfeitamente vazio e limpo. Começamos a brincar de nos darmos sustos, o que é estranho, porque era meio-dia, não tínhamos máscaras, nem fantasias, nem nada, e esse espaço, de todos os que podíamos ter escolhido, era o mais geométrico e visível. Tratava-se de um jogo puramente psicológico, de fantasia. Não sei como pudemos pensar em semelhante sutileza, sendo os meninos semisselvagens que éramos, mas assim são as crianças. E por fim o medo foi mais eficaz do que esperávamos.

* "Acoplado", no original. Aqui, trata-se de uma carroceria de caminhão que não é fixa, mas que pode ser acoplada e retirada do veículo. Essa carroceria não tem tração e, portanto, é rebocada. (N. da T.)

Na primeira tentativa, já foi excessivo. Omar começou. Eu me sentei no chão, perto da parte traseira. Ele foi se posicionar de pé junto à parede dianteira. Disse "já" e começou a vir em minha direção, com um passo pesado e lento, sem fazer caras nem gestos (não era necessário)... Senti tanto terror que devo ter fechado os olhos... Quando os abri, Omar não estava lá. Paralisado, estrangulado, como num pesadelo, eu queria me mexer e não podia. Era como se um vento me apertasse por todos os lados ao mesmo tempo. Eu me sentia deformado, retorcido, com as duas orelhas do mesmo lado, os dois olhos de outro, um braço saindo do umbigo, o outro das costas, o pé esquerdo saindo da coxa direita... Acocorado, como um sapo octodimensional... Tive a impressão, que tão bem conhecia, de correr desesperadamente para fugir de um perigo, de um horror... do monstro agachado que agora eu mesmo era. Só podia parar no lugar mais seguro.

De repente, não sei como, me vi na cozinha da minha casa, atrás da mesa. Minha mãe me dava as costas, diante do balcão, olhando pela janela. Não estava trabalhando, não estava fazendo a comida nem mexendo nas coisas, o que era estranhíssimo para uma dona de casa clássica que sempre estava fazendo alguma coisa, mas sua imobilidade era cheia de impaciência. Sabia disso porque eu tinha uma comunicação telepática com ela. E ela comigo: deve ter sentido a minha presença, porque se virou de repente e me viu. Soltou um grito como nunca mais ouvi, levou as duas mãos à cabeça com um gemido de angústia, quase de choro, que nunca tinha se manifestado diante de mim antes mas que eu sabia que estava dentro das suas capacidades expressivas. Era como se houvesse acontecido algo inimaginável, impossível.

Pelos gritos que me dirigiu quando pude voltar a me articular, soube que Omar tinha vindo ao meio-dia para dizer que eu havia me escondido e que não queria aparecer, apesar de ter me chamado e declarado que não brincaria mais, porque tinha que ir embora. Essa obstinação era típica minha, mas, à medida que as horas passavam, começaram a se assustar, mamãe participou da busca, e no fim papai interveio (era o máximo grau do alarme) e ainda estava me procurando, com ajuda do pai de Omar e de não sei quais outros vizinhos, fizeram uma batida pelas imediações, e ela não pôde fazer nada, não havia começado a preparar o jantar, não tivera ânimo nem sequer para acender as luzes... Notei que, de fato, lá fora já estava cinza-escuro, já era quase de noite. Mas eu tinha estado lá o tempo inteiro! Não disse isso a ela porque a emoção me impedia de falar. Não era eu, eles estavam errados... Quem tinha desaparecido era Omar! Era com a mãe dele que eles tinham que falar, essa era a busca que havia que empreender. E agora, pensei num espasmo de desespero, seria muito mais difícil porque caía a noite. Eu me sentia culpado pelo tempo perdido, do qual pela primeira vez compreendia a qualidade de irrecuperável.

É incrível a velocidade que uma sucessão de acontecimentos pode tomar a partir de uma pessoa que se diria imóvel. É uma vertigem; os fatos já não se sucedem, simplesmente: tornam-se simultâneos. É o recurso ideal para se livrar da memória, para fazer de toda lembrança um anacronismo. A partir daquele lapso meu, tudo começou a acontecer ao mesmo tempo. Especialmente para Delia Siffoni, mãe de Omar. O desaparecimento de seu filho afetou-a muito, afetou-lhe a mente, coisa que deveria ter me surpreendido porque não era do tipo emocional; era dessas mulheres, tão abundantes então em Pringles, nos arrabaldes pobres onde vivíamos, que antes de deixar de parir para sempre tinham um filho só, homem, e criavam-no com certo desapego severo. Todos os meus amigos eram filhos únicos, todos mais ou menos da mesma idade, todos com esse tipo de mães. Eram maníacas por limpeza, não deixavam ter cachorros, pareciam viúvas. E sempre: um filho só, homem. Não sei como depois ainda chegaram a existir mulheres na Argentina.

Delia Siffoni tinha sido amiga da minha mãe na infância. Depois foi-se embora da cidade e, quando voltou, casada e com um filho de 6 ou 7 anos, veio a alugar completamente por acaso a casa ao lado da nossa. As duas amigas se reencontraram. E nós dois, Omar e eu, nos tornamos inseparáveis, todos os dias juntos na rua. Nossas mães, por sua vez, mantinham essa distância tingida de malevolência típica das mulheres locais. Mamãe encontrava muitos defeitos em Delia, mas isso era quase um hobby para ela. Em primeiro lugar, que Delia estava louca, desequilibrada: todas estavam, se você parava para pensar. Depois, a mania de limpeza; há que se reconhecer que Delia era um caso exemplar. Mantinha hermeticamente fechada a salinha, na qual ninguém entrava nunca, sob nenhum pretexto. O único quarto de dormir resplandecia, e a cozinha também. Esses três ambientes constituíam a casa, que era uma réplica exata da nossa. Várias vezes ao dia, varria os dois pátios, o dianteiro e o traseiro, incluindo o galinheiro; e a calçada, de terra, estava sempre molhada. Dedicava-se a isso. Tínhamos lhe dado o apelido de "a pomba", por causa do nariz e dos olhos; minha mãe era especialista em encontrar semelhanças com animais. Seu jeito de falar contribuía para isso, era um pouco sussurrante e afoito, como também eram seus modos e movimentos quando estava na calçada (sempre estava na rua: outro defeito), esses passinhos ligeiros com os quais se afastava e voltava para sua interlocutora, mil vezes, ela ia, voltava, lembrava-se de outra coisa para dizer...

Delia tinha uma profissão, um ofício, e nisso era uma exceção entre as mulheres do bairro, só donas de casa e mães, como era o caso da minha. Era costureira (costureira, justamente, agora me dou conta da coincidência), poderia ter ganhado a vida com seu trabalho, e de fato o fazia porque seu marido tinha não sei qual emprego incerto de transportes, e em linhas gerais não se podia dizer que trabalhava. Ela era uma costureira conhecida, de confiança e caprichosíssima, embora tivesse um gosto péssimo. Fazia tudo perfeitamente, mas era necessário dar-lhe instruções muito precisas e vigiá-la até o último segundo para que não pusesse tudo a perder ao seguir sua inspiração nefasta. Mas era rápida, rapidíssima. Quando as clientes iam experimentar a roupa... Havia quatro provas, isso era canônico na costura pringlense. Com Delia, as quatro provas se confundiam em um instante, e, além do mais, a vestimenta já estava feita antes. Com ela não havia tempo para mudar de ideia, nem muito menos. Tinha perdido muita clientela por esse motivo. Sempre estava perdendo clientes; era um milagre que ainda as tivesse. É que sempre estavam aparecendo novas. Sua velocidade sobrenatural as atraía, como a luz de uma vela atrai as mariposas.

No verão, os pássaros me despertavam. Tínhamos um só quarto de dormir para toda a família, na parte dianteira da casa, que dava para a rua. Minha cama ficava sob a janela. Meus pais, gente do campo, tinham o hábito de dormir com a janela fechada, mas eu havia lido na revista *Billiken** que era mais saudável deixá-la aberta à noite, então, quando todos dormiam, eu ficava de pé na cama e a abria, só um centímetro, sem fazer o menor ruído. A gritaria dos passarinhos nas árvores da frente caía em cima de mim antes de qualquer pessoa. Era o primeiro a acordar, sobressaltado por essa explosão de sons agudos, assim como havia sido o último a dormir ao fim de uma interminável sessão de horrores mentais. Mas minha mãe sempre tinha ido dormir depois de mim e acordado antes. Eu ficava sabendo disso indiretamente, por algum comentário, e além do mais sabia que ela ficava levantada até depois da meia-noite, fazendo tricô, costurando, escutando rádio, tocando piano – curiosa ocupação esta última, mas ela tinha sido a concertista do povoado, de dia não tinha

* Revista para crianças publicada na Argentina desde 1919. (N. da T.)

tempo nem vontade de praticar, e a mim não acordava. Quando os pássaros me despertavam, pela manhã, ela já estava em ação havia algum tempo. Não sei como podia ser, porque, sem negar uma realidade, eu continuava acreditando em outra: eu ficava acordado enquanto ela dormia, inclusive a via dormir (creio vê-la ainda), dormir profundamente, abandonada ao sono, que a tornava mais bonita. Sua vigília se extraviava no sonho. Não seria sonâmbula? Apontava nessa direção o hábito tão curioso de tocar piano (Clementi, Mozart, Chopin, Beethoven, e uma transcrição de *Lucia di Lammermoor*) nas profundezas da noite. Isso nunca ouvi, ela deveria se assegurar de que eu estava dormindo profundamente, mas até hoje posso evocar a sensação sobrenaturalmente sedativa dessa música noturna, cada nota desatando todos os nós da minha vida. Dessa época deve datar a minha paixão torturada pela música, pela música que não entendo, a mais estranha, absurda, vanguardista – nenhuma me parece o bastante avançada e incompreensível. Já adulto, descobri que minha mãe dormia imensamente, era uma privilegiada, uma Rainha do Sono, das que poderiam dormir sempre, toda a vida, se a isso se propusessem. Mas naquele tempo ela tinha o charme da insônia, e quando por acaso se referia à noite era para dizer "não preguei um olho". Como todas as crianças, devo tê-la levado ao pé da letra. Também fui um Rei do Sono, eu dormia feito uma pedra.

No verão eu acordava cedíssimo, com os pássaros, porque amanhecia muito cedo, muito mais que agora. Antes não se trocava a hora de acordo com as estações, e além disso Pringles estava muito ao sul, onde os dias eram mais longos. Às quatro, creio, começava o coro dos pássaros. Mas havia um, um pássaro, que era o que me acordava nesses amanheceres de verão, um pássaro com o canto mais belo e estranho que se pudesse imaginar. Nunca voltei a ouvir algo assim. Era um gorjeio atonal, loucamente moderno, uma melodia de notas aleatórias, agudas, límpidas, cristalinas. De tão especiais que eram, tornavam-se inesperadas, como se existisse uma escala e o pássaro escolhesse quatro ou cinco notas numa ordem que burlasse sistematicamente qualquer expectativa. Mas a ordem não podia ser inesperada *sempre*, não existe um método assim; o próprio acaso devia contribuir para que se cumprisse alguma expectativa, a lei das probabilidades o exige. E, no entanto, não o fazia.

Na realidade, não era um pássaro. Era o caminhão do senhor Siffoni, quando ele girava a manivela. Naquele tempo, era preciso girar uma manivela na frente dos carros para pôr o motor em funcionamento. Era um veículo antiquíssimo, um caminhãozinho quadrado, de lataria vermelha, e não se sabia bem como podia continuar funcionando. Depois do trinado maravilhoso, vinham as tosses patéticas do motor. Eu me pergunto se não seria isso o que me acordava, e eu é que imaginava o canto prévio. Ainda hoje, costumo ter esses sonhos ao despertar. Aquele serviu-lhes de modelo.

O caminhãozinho vermelho se destacava nas cores limpas e formosas do amanhecer pringlense, o céu azul perfeito, o verde das árvores, o dourado da terra da nossa rua. O verão era a única estação em que Ramón Siffoni trabalhava com transporte de cargas. No restante do ano ele descansava. Nem na temporada trabalhava muito, segundo meus pais, que o criticavam por isso. Nem sequer levantava cedo, diziam (mas eu sabia da verdade).

Do outro lado de casa vivia um caminhoneiro profissional, verdadeiro. Tinha um caminhão moderníssimo, enorme, com um reboque (nesse reboque, justamente, Omar e eu tínhamos brincado naquele meio-dia fatídico) e fazia longas viagens até os confins mais distantes da Argentina. Não só no verão, essas cargas de ocasião e bom clima de Siffoni em seu caminhão de brinquedo, mas a sério. Chamava-se Chiquito, era meio parente nosso, e às vezes quando eu saía para ir à escola em pleno inverno, com o céu ainda escuro, encontrava na porta um boneco de neve que ele havia me deixado, sinal de que tinha partido em uma longa viagem.

O boneco de neve... O belo cartão-postal do caminhãozinho vermelho no amanhecer azul e verde... A festa dos sentidos. E tudo isso foi subitamente balançado pelo desaparecimento.

Meus pais eram gente realista, inimigos da fantasia. Julgavam tudo pelo trabalho, seu padrão universal para medir o próximo. Tudo dependia desse critério, que eu herdei por inteiro e sem discussão: sempre venerei o trabalho acima de qualquer coisa; o trabalho é meu deus e meu juízo universal; mas nunca trabalhei, porque nunca tive necessidade de fazê-lo, e a minha devoção me eximiu de trabalhar por má consciência ou pelo que os outros iriam dizer.

Nas conversas familiares, em minha casa, era comum passar em revista os méritos dos vizinhos e conhecidos. Ramón Siffoni era um dos que se saíam mal nesse escrutínio. Sua esposa não escapava da condenação porque meus pais, realistas como eram, nunca faziam das esposas vítimas do ócio dos maridos. Que ela também trabalhasse, coisa raríssima em nosso meio, não a eximia; pelo contrário, tornava-a mais suspeita. Essa costureira magra, pequena, com feições de pássaro, neurótica em grau máximo, cujos horários de costura eram impossíveis de adivinhar, já que estava sempre na porta fofocando, o que fazia, na realidade? Mistério. O mistério era parte do julgamento, porque meus pais, por serem realistas, não podiam ignorar que as recompensas do trabalho eram primorosas, com grande frequência imerecidas. A divindade enigmática do trabalho se encarnava, numa suspensão negativa do julgamento, em Delia Siffoni. Minha mãe podia reconhecer as peças feitas por ela em qualquer mulher da cidade (é verdade que conhecia todas), perfeitas, esmeradas até a loucura, sobretudo nas noites de sábado, no "passeio com o cachorro",* e depois comentava com Delia; para mim, parecia um pouco hipócrita, mas não entendia bem seus mecanismos. No entanto, as epifanias e a hipocrisia são parte do tratamento divino.

Naquele preciso momento de sua vida profissional, e de sua vida em si, Delia havia caído numa espécie de armadilha feita à sua medida. Silvia Balero, a professora de desenho, pretensa mosca-morta e candidata a solteirona, iria se casar às pressas. Em nome das aparências, faria-o na igreja, de branco. E levou a encomenda do vestido a Delia. Como era artista, Balero fez ela mesma o desenho, atrevido, nunca visto, e trouxe de Bahía Blanca, para onde viajava com frequência, em seu carrinho, os quilos de tules e fitas bordadas, tudo de náilon, que era a última novidade. Trouxe até a linha para costurá-lo, também sintética, trançada, de *banlon* perolado. Seus desenhos contemplavam até o menor detalhe, e além do mais fez questão de estar presente durante o corte e os alinhavos prelimina-

---

* "Vuelta al perro", no original. Segundo o autor, trata-se de uma expressão utilizada antigamente em Coronel Pringles e outras cidades pequenas argentinas para se referir aos passeios dos moradores domingo à tarde pela praça ou pelo centro da cidade: "voltas e voltas, para ver e serem vistos, e muitos namoros começavam assim." (N. da T.)

res: já se sabia que era preciso vigiar a costureira de perto. Bem, Delia era especialmente puritana, mais que o comum. Era quase malévola nesse sentido; durante anos estivera atenta a cada irregularidade moral na cidade. E quando as conhecidas com as quais conversava o dia inteiro começaram a lhe fazer perguntas (porque do caso Balero se falava com fruição), sentiu-se incomodada e começou a fazer ameaças, por exemplo, de não costurar esse vestido, o traje hipócrita da ignomínia branca... Mas, sim, costurá-lo-ia! Um pedido assim acontecia uma vez por ano, ou menos. E com o inútil do marido que tinha, segundo o consenso do bairro, não estava para moralismos. A situação tinha sido cortada na medida para ela, porque uma velocidade se superpunha à outra. Já disse que, quando ela punha mãos à obra, as provas se superpunham ao ponto final... Uma gravidez tinha prazo e velocidade fixos, quer dizer, uma lentidão; mas aqui não se tratava do enxoval de um bebê; no caso de Silvia Balero, havia um anacronismo de precisão ao qual se prestava muita atenção na vida de uma cidade pequena. A cerimônia, o vestido branco, o marido... Tudo deveria se realizar imediatamente, num instante, num abrir e fechar de olhos, e só assim funcionaria. Na realidade, não funcionaria, porque todos os detentores de opinião que poderiam ter alguma importância para Silvia já estavam de sobreaviso. É de se pensar por que ela se dava tanto ao trabalho. Provavelmente porque era obrigada.

Ela era uma garota cujos vinte anos tinham se passado sem namorado, sem casamento. Era uma profissional, à sua maneira. Havia estudado desenho, ou algo assim, numa escola em Bahía Blanca; dava aulas num colégio de freiras (seu emprego estava a perigo), no Colégio Nacional, e para alunos particulares, organizava exposições, tudo isso. Não só era professora de desenho diplomada, mas também uma amiga das artes, quase uma vanguardista. É verdade que havia chegado aos impressionistas, e nada mais, mas não precisamos ser tão rigorosos nesse ponto. Aos pringlenses, naquela época, era necessário explicar o impressionismo e recomeçar toda a história com valentia. Não lhe faltava coragem, ainda que fosse apenas sua inconsciência, de tola. E era linda, muito linda, inclusive, uma loira alta com olhos verdes maravilhosos, mas às solteironas sempre acontecia isso: ser lindas sem nenhum efeito. Ter sido, em vão.

O verdadeiro problema não era ela, mas o marido. Quem seria? Mistério. Para casar, são necessárias duas pessoas. Ela casava por amor, dizia (ou lhe faziam dizer nos relatos: tudo era muito indireto), não por necessidade... Muito bem, era mentira, mas muito bem. Ao menos era coerente. Mas com quem? Porque o sujeito, o responsável, era casado e tinha três filhas. Histéricas que consideravam suas fantasias nupciais como realidade abundavam entre as solteironas de Pringles. Elas representavam quase que um poder mágico. E de Balero bem se podia esperar uma coisa assim, embora ninguém houvesse esperado antes. Tudo isso eram suposições, comentários, fofocas, mas convinha prestar-lhes atenção porque, via de regra, eram tão certos como a verdade.

Delia Siffoni já era louca, e o desaparecimento de seu filho único a deixou louca. Entrou num frenesi. Espetáculo prodigioso, cartão-postal perene, cinema transcendental, cena das cenas: ver uma louca ficar louca. É como ver Deus. A história destas últimas décadas tornou mais e mais estranha essa ocasião. Embora tenha sido testemunha, não me atreveria a tentar descrevê-la. Remeto-me à sentença do bairro; nela, tinham a última palavra os membros do mesmo sexo que o acusado. Os homens se ocupavam dos homens; as mulheres, das mulheres. Mamãe era entusiasta partidária do desespero, em se tratando dos filhos. Segundo ela, não restava outra coisa: uivar, perder a cabeça, fazer cenas. Nunca as teve que fazer, por sorte; tinha sangue alemão, era discreta e reservada ao extremo, não sei como teria conseguido. Qualquer outra coisa equivaleria a ser "tranquila", o que em seu idioma alusivo, mas muito preciso, significava não amar sua prole. Não via nada além do desespero. Depois sim, viu, viu demais, quando nossa felicidade se fez em pedaços; mas naquele momento era muito rigorosa: a cena, a cortina do grito, e por trás dela, nada. Na realidade, nem ela nem nenhuma de suas conhecidas nunca precisaram ficar loucas de angústia; a vida era muito pouco novelesca naquela época... A loucura de uma mãe só poderia ser desencadeada, hipoteticamente, por algum acidente horrível que acontecesse a seus filhos. E a nós, crianças livres e selvagens, acontecia de tudo, mas não o definitivamente horrível. Não nos perdíamos, não desaparecíamos... Como se perder numa cidadezinha em que todos se conheciam, em que quase todos estavam mais ou menos aparentados? Só se poderia perder um filho em labirintos que não existiam entre nós. Ainda assim, ainda que não fosse nada mais que um temor, o acidente existia: uma força invisível arrastava-o para a realidade, e continuava arrastando-o ainda lá, dando-lhe as formas mais caprichosas, reordenando seus detalhes e circunstâncias o tempo inteiro, criando-o, aniquilando-o, com toda a potência inaudita da ficção. Nisso consistia, e deve continuar consistindo, a felicidade em Pringles.

Não pode ser estranho então que, naquele transe, Delia tenha se visto diante do abismo, diante dos campos magnéticos do abismo, e tenha se jogado. Que outra coisa poderia fazer?

O abismo que se abriu diante de Delia Siffoni tinha (e continua tendo) um nome: Patagônia. Quando digo aos franceses que venho de lá (e quase nem estou mentindo), ficam de boca aberta, me admiram, com incredulidade. Existe muita gente em todo o mundo que sonha em viajar um dia à Patagônia, esse extremo do planeta, deserto belíssimo e incomunicável, em que todas as aventuras poderiam acontecer. Todos estão mais ou menos resignados a nunca chegar tão longe, e nisso devo lhes dar razão. O que fariam lá? E, além do mais, como chegar lá? Todos os mares e cidades se interpõem, todo o tempo, todas as aventuras. É verdade que hoje as agências de turismo simplificam muito as viagens, mas por alguma razão continuo pensando que ir até a Patagônia não é tão fácil. Vejo-a como uma viagem diferente de qualquer outra. Minha vida foi levada até a Patagônia num sopro, num momento, naquele dia de minha infância, e lá ficou. Não acho que valha a pena viajar se você não leva sua vida junto. É uma coisa que estou confirmando à minha própria custa nestes dias melancólicos em Paris. É paradoxal, mas uma viagem só é suportável se for insignificante, se não contar, se não deixar marcas. Uma pessoa viaja, vai até o outro lado do mundo, mas deixa sua vida guardada em casa, pronta para ser recuperada na volta. Porém, quando está longe, essa pessoa se pergunta se por acaso não terá trazido sua vida junto, sem querer, e em casa não resta nada. A dúvida basta para criar um medo atroz, insuportável, sobretudo porque é um medo do nada, uma melancolia.

Sempre há uma razão para se atirar. É para isso que as razões existem. A que Delia usou não só era correta em si: também era adequada ao que havia acontecido, em linhas gerais, deixando de lado algum detalhe. Nesse meio-dia, quando estávamos brincando na rua, Chiquito havia partido em seu caminhão rumo a Comodoro Rivadávia, para carregar não sei o quê, lã, certamente. Minha tia Alícia, que alugava um quarto para ele em sua casa, tinha visto Chiquito partir depois de um almoço que ela preparou cedo, só para ele. De fato, subira ao caminhão já pronto para a travessia, com o tanque cheio (tinha se ocupado disso pela manhã), ligou o motor e partiu depressa... O que seria mais natural do que um garoto que estivesse brincando no reboque vazio ficasse aprisionado por esse movimento, não conseguisse se fazer ouvir e fosse levado sem querer quem sabe até onde, num rapto perfeitamente involuntário? Era improvável que o caminhoneiro parasse antes do cair da noite, e aí ele já teria passado o rio Negro, estaria em plena Patagônia. Chiquito tinha uma resistência formidável, era um touro, e neste caso ele inclusive tinha feito algum comentário (se não o tivesse feito, Alícia podia muito bem tê-lo inventado) sobre a urgência com que o esperavam para pegar esse carregamento, a conveniência de sair depois de um bom almoço para fazer um trecho longuíssimo de uma só vez et cetera.

Já tinham se passado várias horas e o bairro inteiro estava em polvorosa pelo caso do menino perdido. O senhor Siffoni havia entrado em ação, ainda que só para diminuir a histeria de sua esposa. Mas, justo quando estava ausente, a suposição nada disparatada da partida forçada no reboque causou uma crise. Foi algo quase óbvio demais. As vizinhas foram um pouco culpadas de apresentar a situação assim a Delia. Fizeram, então, algo absolutamente insólito: chamaram um táxi, para não perder nem mais um minuto e empreender a caça ao caminhão. Em Pringles havia dois táxis, que eram usados só para ir até a estação ferroviária Roca. Um deles, o de Zaralegui, atendeu ao chamado pelo telefone. Ele não deve ter entendido bem do que se tratava, de outro modo não teria aceitado a viagem. Era absurdo, porque seu velho Chrysler dos anos trinta nunca poderia chegar à velocidade de cruzeiro de um caminhão um quarto de século mais moderno. Mas eles não acharam estranho que o perseguidor fosse mais lento que o perseguido. Pelo contrário, achavam que, segundo a lógica do longo prazo, o táxi o teria que alcançar, que outra coisa poderia acontecer?

Na pressa da partida, Delia, que estava feito louca, agarrou o vestido de noiva em que estava trabalhando e sua bolsa de costura, porque pensou que poderia continuar costurando durante a viagem, já que o trabalho comportava tanta urgência. Agora, se tal fosse o caso, se o trabalho urgia – podiam ter se perguntado as vizinhas – por que não trabalhava em vez de passar o dia na rua se informando sobre tudo o que acontecia? Não estava em sã consciência nesse momento crítico; um enorme vestido de noiva, com sua superposição de brancuras vaporosas e volume que superava o de Delia, tão escasso, era a coisa mais incômoda que poderia ter escolhido para levar. (Quero deixar anotada aqui uma ideia que mais adiante pode ser útil: o único manequim adequado que imagino para um vestido de noiva é um boneco de neve.) Além do quê, costurar um vestido de noiva no banco traseiro de um táxi, chacoalhando pelos caminhos de terra que iam para o sul... Onde iria parar o seu famoso capricho?

E para lá partiu, feito uma louca... As vizinhas viram-na ir e permaneceram onde estavam, fazendo comentários e esperando que voltasse. A situação era tão irracional que elas pensavam realmente que Delia estaria de volta a qualquer momento. É que ela nem sequer tinha fechado a casa, nem sequer tinha avisado o marido... Isso justificava que as vizinhas ficassem num grupinho na calçada, esperando Ramón Siffoni para lhe dizer que sua mulher tinha partido, desesperada, louca (como uma boa mãe) e que ainda não tinha regressado...

Tudo isto pode parecer muito surrealista, mas não tenho culpa. Percebo que parece uma acumulação de elementos disparatados, segundo o método surrealista, de modo a obter uma cena que tivesse tudo de pura invenção, sem o trabalho de inventá-la. Breton e seus amigos traziam esses elementos de qualquer lugar, do mais distante, de fato preferiam de tão distante quanto fosse possível, para que a surpresa fosse maior, o efeito mais efetivo. É interessante observar que em sua busca pelo distante tenham ido, por exemplo, nos *cadáveres exquisitos*, só até o que estava mais perto: o colega, o amigo, a esposa. De minha parte, não vou nem perto nem longe, porque não busco nada. É como se tudo já tivesse acontecido. Na realidade, aconteceu; mas ao mesmo tempo é como se não tivesse acontecido, como se estivesse acontecendo agora. Quer dizer, como se não acontecesse nada.

Durante a viagem de táxi, Delia não deu um só ponto nem abriu a boca. Vinha dura no assento de trás, com a vista fixa no caminho e esperando desesperadamente ver o caminhão. O silêncio de Zaralegui, que tampouco falou, tinha outra densidade porque essa foi a última tarde de sua vida. Podia ter dito suas últimas palavras, mas as guardou para si. Vinha concentrado na direção, que não exigia demasiada atenção pela quantidade de veículos circulando (nenhum), mas por causa da buraqueira na estrada. Era um bom profissional. Devia estar intrigado ou pelo menos confuso com o que estava acontecendo. Nunca o haviam chamado para um trajeto tão inexplicável antes, e ele devia estar se perguntando até onde, até quando. Não se perguntaria por muito tempo mais, o pobre, porque morreria logo em seguida.

O que aconteceu foi que, depois de muitas horas na estrada, um caminhão enorme subitamente se lançou por cima deles, por cima de Zaralegui, ao volante, de frente. Só que o choque não foi de frente com o caminhão, mas de trás. Ou seja, foram eles que se jogaram contra o caminhão, e a toda velocidade, essa velocidade multiplicada que só acontece quando dois veículos vêm muito rápido e se chocam. Quem sabe como isso pode ter acontecido, já que os dois iam no mesmo sentido. Talvez o caminhão tenha diminuído um pouco a velocidade, muito pouco, e isso já equivaleria a uma fantástica aceleração contra aquele que vinha atrás. (Para explicar a mim mesmo esse episódio, como tantos outros, estou pressupondo, com pouco realismo, grandes velocidades). O certo é que o Chrysler se incrustou da maneira mais selvagem na parte traseira do reboque, e ficou destruído, reduzido a uma grande casca de lata retorcida. Não só isso: ficou grudado, como um meteorito que tivesse se impactado contra um planeta. E seguiu viagem ali, pendurado. O caminhoneiro, trinta metros à frente, nem sequer o percebeu. Aqueles caminhões eram realmente como planetas. Quem os guiava não podia saber jamais o que acontecia em seus extremos inabarcáveis. Sobretudo quando tinha reboque, que era outro planeta a reboque.

Zaralegui morreu na hora, não teve tempo de pensar nada. A Delia, que vinha no banco de trás ocupada em coser uma bainha com seus pontos minúsculos, nada aconteceu. Mas o choque, o salto, a adesão ao planeta, e sobretudo o salto para trás que deu Zaralegui, já morto, o qual veio parar em seus braços, no tule em forma de botão de rosa, feito um bebê, provocaram-lhe um choque considerável. Perdeu os sentidos e seguiu viagem dormindo, sem ver a paisagem. Foi mais um coma histérico do que sono, e ela saiu diferente dele, louca pela terceira vez. Ela nem ficou sabendo, mas o caminhoneiro estacionou à beira da estrada e dormiu a noite toda na beliche, no pequeno compartimento que aqueles caminhões tinham atrás da cabine, e depois seguiu caminho ao amanhecer, e não parou durante todo o dia seguinte.

Quando Delia acordou, o sol se punha sobre a província de Santa Cruz.

A Patagônia... Os confins do mundo... Sim, de acordo; mas os confins do mundo continuam sendo o mundo. Todo o céu rosa como uma pétala de uma flor titânica, a terra azul, um disco imóvel sem outro limite que o horizonte... Isso era o mundo naquele tempo. Isso era todo o mundo, esse lugar ao qual Delia tinha sido levada por acidente, pela força louca dos acontecimentos, e do qual parecia totalmente impensável que fosse sair algum dia. Primeiro se sentiu como uma criança num carrossel, montada no lombo de um escaravelho feito de cristal negro. Parecia até ouvir a música, e a ouvia mesmo, mas era o assovio do vento.

Depois, de repente, a horrível circunstância de que era vítima e protagonista se fez presente. Soltou um grito e agitou os braços, horrorizada, ao que o cadáver de Zaralegui abandonou seu colo e saiu voando. Um buraco deve ter ajudado, porque ela não tinha tanta força.

E, além do buraco, com toda a certeza, o redemoinho do vento. O caminhão em pleno movimento deslocava uma massa de ar de volume e peso de uma montanha. As montanhas que não existiam naquela meseta infinita eram criadas pelo ar. Mas também havia vento, e não era pouco; a Patagônia é a terra do vento. Na realidade havia vários deles, que disputavam o pó levantado pelo caminhão e lutavam ferozmente contra o vento próprio do veículo, o invólucro de sua velocidade. Esse invólucro era aberto mil vezes por segundo, com um ruído como o de papéis no ar, eles desfaziam os laçarotes da gravidade, rasgavam, na pressa, como crianças loucas para ver os brinquedos, suas dobras rígidas e fluidas ao mesmo tempo.

Zaralegui deu duas cambalhotas a quatro metros de altura; com a coluna quebrada do jeito que estava, nenhum acrobata do mundo poderia ter imitado suas piruetas. Depois saiu voando para o lado. Como os braços se mexiam, agitados pela mesma força que o transportava, ele parecia vivo. Que espetáculo! Mas a conjunção de buraco e redemoinho deve ter constituído toda uma mecânica de lançamento, porque Zaralegui não foi o único a sair voando: seguiram-lhe o vestido, Delia e a carcaça do carro, nessa ordem. Quando o vestido abriu sua enorme asa branca, a cauda, e a elevou para o lado a uma velocidade supersônica, Delia se sentiu despossuída. Era o seu trabalho que se ia, e ela ficava fora do jogo, sem função. Pensou que não o recuperaria nunca. Mas, bem, quando ela mesma levantou voo, todos os seus sentimentos se contraíram num só, o terror. Era a primeira vez que voava.

A terra se afastou, o caminhão também (a última coisa que viu dele foi a parede traseira do reboque, da qual se desprendia o casulo negro, que havia sido o Chrysler, para levantar voo por sua vez), o céu se aproximou vertiginosamente. Fechou os olhos e depois de um instante voltou a abri-los.

O sol, que já havia se posto na superfície, apareceu outra vez lá no fundo do mundo; era a primeira vez que voltava a ver o sol depois que havia se posto. Era vermelho como uma bola de linóleo vermelha molhada em óleo luminoso. E estava num lugar estranho: ainda que visível, continuava abaixo da linha do horizonte, num nicho. Era o sol da noite, que ninguém jamais tinha visto.

E não é que Delia se demorasse na contemplação. Nem sequer se poderia dizer que ela o tivesse olhado. Nem sequer pensava, o que sempre é anterior a olhar. Voar era uma ocupação absorvente para ela. Tanto, tão absorvente de vida, que teve convicção absoluta de que não sobreviveria. E como iria sobreviver? As voltas contraditórias do vento a tinham levado, com duas ou três piruetas, a mais de cem metros de altura. O círculo do horizonte mudava de posição como se o compasso tivesse caído nas mãos de um louco. Os ventos pareciam gritar, excitadíssimos: "Pegue-a aí", "Jogue-a para mim", entre gargalhadas arrepiantes. E Delia saltava de lá para cá, vibrando, vibrando, como um coração nos altos e baixos de um amor, ou no vazio.

– São meus últimos segundos – ela gritava para si mesma, sem mexer os lábios. Os últimos segundos de sua vida e depois não haveria mais do que a noite escura da morte... Sua angústia era indizível. Falar de segundos era retórica, mas também uma grande verdade. Esses ventos loucos pareciam ter corda o suficiente para transformar os segundos em minutos e até em horas, e não seria despropositado dizer em dias, se o desejassem. Mas ainda assim seriam segundos, porque a angústia comprime o tempo, qualquer intervalo de tempo, na dimensão dolorosa dos segundos.

Deveria pelo menos aproveitar esta experiência, porque não haveria outra que a seguisse, ela poderia ter dito a si mesma.

Mas isso era impossível de qualquer ponto de vista. Desfrutar é impossível quando tudo é impossível; além do mais, não havia nenhum ponto de vista; não o tinha o espetáculo que estava dando, já que ninguém o via. Dava tantas voltas, a uma velocidade que superava a do som, lá nas alturas límpidas do crepúsculo, que já não tinha posições relativas. Era uma colagem, uma figura recortada e movimentada por um artista caprichoso, filmada em câmera rápida sobre o fundo mais rosa e liso do mundo, ou do céu, e iluminada por um refletor vermelho. Nunca se desfruta a experiência imediatamente anterior à morte. Mas enfim, como a morte é o inesperado por excelência, nenhuma experiência pode ser chamada de última. Sempre existe a possibilidade de que seja a penúltima. Esse foi um erro de Delia (seus últimos segundos!), o primeiro de uma série inusitada que a levaria muito longe.

Há coisas que parecem eternas e mesmo assim passam. A própria morte faz isso. Delia havia perdido a terra de vista fazia algum tempo, já não sabia se estava indo para frente ou para trás, se caía ou levantava, se seguia na vertical ou na horizontal... Que importância tinha, a essa altura? Sempre havia um vento novo para tomá-la em suas mãos e brincar de ioiô com ela. De onde saíam os ventos? Parecia haver um buraco no céu, de onde saía o jorro. Esse buraco era invisível.

Mas, como disse, de repente passou. Delia se encontrava de volta à terra, e caminhando. Não sabia realmente como podia ter acontecido. Estava caminhando sobre suas duas pernas, na terra plana e despojada. Não se via uma árvore, um morro, nada. Ela esqueceu imediatamente o perigo de morte que havia corrido.

Delia adorava fazer o papel da fatalista ao extremo, a dama da morte, cada tarde disposta a passar a noite num velório; suas conversas estavam cheias de câncer, cegueira, paralisia, coma, enfarto, viúvas, órfãos. Havia encarnado com tanto entusiasmo essa personagem que já era ela, era sua temática, sua posição. Era uma escolha por afinidade, porque a vida segura e protegida que levava, o casulo da classe média da cidadezinha, colocava-a à margem de qualquer prova séria que pusesse sua sobrevivência em jogo. A vontade de viver ficava isenta de qualquer comprovação. Isso também formava parte de seu ser definitivo. Enquanto voava, sem tempo para pensar ou reagir (o que dá no mesmo), havia se aferrado a sua retórica pessoal. Agora que estava caminhando sã e salva, o tempo se abria sob seus passos; suas pernas eram a tesoura que recortava o botão de flor translúcido do tempo, e seguiam abrindo-o e desdobrando-o. Com isso, viu-se diante da urgente necessidade de dar curso a certas ideias sobre a realidade e renunciar momentaneamente a esse "do que me importa, estou morta de qualquer jeito", que constituía sua elegância.

Não sabia onde estava, nem aonde se dirigia. Nem que horas eram. Para começar, como era possível que continuasse sendo dia? Era de noite, isso o seu corpo e sua mente sentiam. E ainda assim, era de dia. Em que loucas astronomias havia caído?

Isto é a Patagônia, então?, dizia a si mesma, perplexa. Se isto é a Patagônia, eu o que sou?

Enquanto isso, quando Ramón Siffoni voltava ao bairro em seu caminhãozinho, já quase de noite, um comitê de angústia o aguardava.

– Omar não estava perdido...! – começou, mas parou ali mesmo porque sentiu que não estava falando com ninguém. Era um homem nervoso e mal-humorado, impaciente, exigente e insatisfeito. Então, perguntou: – Onde está a minha senhora?

Era o que as suas vizinhas estavam esperando.

– Foi de táxi para a Patagônia.

Se lhe tivessem feito um furo na nuca com uma broca, não o teriam abalado tanto.

Explicaram-lhe, mas quem pode saber se algo atravessou a sua crosta de raiva. Um pouco, sim, certamente, porque voltou a subir na sua banheira vermelha e saiu acelerando com um barulho de lata solta, também rumo ao sul, aonde todos pareciam se dirigir naquele dia.

O que ele não viu foi que, da esquina onde tinha estado estacionado, um carrinho azul-celeste desses para uma pessoa só, de que era preciso desmontar a parte de cima para que o motorista entrasse, começava a segui-lo. Isso era completamente inusitado, talvez fosse a primeira e a última vez que isso acontecesse em Pringles.

E, mesmo assim, passou despercebido. As vizinhas estavam deslumbradas com o gesto abrupto, romântico a seu modo, do marido enfurecido. E Ramón Siffoni... o que poderia ele notar, no estado em que se encontrava. Corria, se atirava, para impedir que sua esposa cometesse o maior erro de sua vida. E se seu velho caminhãozinho vermelho não era tão veloz como deveria ser, não lhe importava, porque o que queria naquele momento era ter um foguete interplanetário.

Como qualquer pessoa que veja num mapa pode comprovar, ele seguia na direção sudoeste. Isto é, nas duas direções em que o dia se alonga no verão argentino. E como estava fora de si, ele era o sudoeste. Isso funcionava. O dia começou a se alongar como uma serpente, e o caminhãozinho vermelho, que nas imensidades em que começava a resvalar se tornava realmente pequeno, era a cabeça faminta e flamejante da serpente, com a língua aparecendo: a língua era a manivela em dois ângulos retos que, na pressa, Ramón havia se esquecido de retirar.

Mas não ia só. Um quilômetro ou dois atrás, a vista da dama ao volante, fixa no rastro de pó do caminhão, corria um carrinho azul, um dos menores já construídos e dos mais leves. Que fosse leve como um bocejo não importava tanto, ou não importava nada, diante da importância que esse carrinho possuía no mistério. Nele, era tudo. Esse carrinho era o mistério, e era mais do que isso: era o mistério em movimento. Esses veículos, feitos para se locomover nas cidades, em distâncias curtas, eram uma excentricidade dos anos cinquenta e sessenta, depois foram esquecidos. Nós os chamávamos de "ratinhos". Cabia só uma pessoa, não muito corpulenta, e bem apertada. Ninguém teria a ideia de viajar num carro desses. E, no entanto, este, azul-celeste, que era um espécime do modelo mais minúsculo, tinha se lançado na perseguição mais longa e perigosa, quase como uma réplica em miniatura de outra coisa, um brinquedo se intrometendo no mundo adulto. Ao redor dele a Patagônia gigante e deserta começava a abrir sua bocarra. Mas ele não se amedrontava. Avançava, corria, quase como se soubesse aonde estava indo ou como se fosse a algum lugar. Ou como se não fosse a lugar algum. Era o carrinho-ímã, a bolha do refrigerante do vento, o ponto azul do céu, o mistério em todas as suas dimensões. O mistério não ocupa lugar, diz o provérbio. Concordo, mas o atravessa.

Muito bem. Já estão no cenário todos os protagonistas da aventura. Vamos ver se consigo fazer uma lista organizada:

1) o grande caminhão com reboque, o planeta duplo, de Chiquito, abrindo o movimento.

2) a carcaça do Chrysler de Zaralegui, a esta altura mais parecida com uma banheira chinesa de laca negra do que qualquer outra coisa.

3) o cadáver de Zaralegui.

4) Delia Siffoni, perdida, caminhando aleatoriamente.

5) o vestido de noiva de Silvia Balero, levado pelo vento.

6) Ramón Siffoni em seu caminhãozinho vermelho (um dia antes).

7) e, encerrando a comitiva, o misterioso carrinho azul-celeste.

Claro que não é tão fácil. Existem outros personagens, que já vão aparecer... Ou melhor, não. Não é que existam outros personagens (estes são todos), mas que as revelações acabarão transformando-os em outros, dando lugar a encontros de que Delia Siffoni não teria suspeitado nunca, nem ela nem nenhuma das Delias Siffonis do mundo, com todas as quais estava iniciando, ali, na Patagônia, uma dança de transposições.

Há bêbados que a partir de certo momento de suas noites fazem todo tipo de misturas; bebem de tudo, um copo de cada álcool que tenham à mão, ao acaso. Sabemos como essa política é imprudente, mas eles riem e vão adiante; é preciso reconhecer neles um assombroso vigor físico, uma resistência sobre-humana, que talvez tivessem originalmente, e com certeza a desenvolvem mais com esse hábito, no paradoxo da autodestruição, que por outro lado nunca é tão imediata. Misturam tudo e não se preocupam... De qualquer forma, tudo contribui para o mesmo efeito, que é a embriaguez, sua embriaguez pessoal, que é uma, única. E se ele também é um só, diz-se o bebedor, o que lhe importa quantos são os elementos que contribuem para levá-lo a esse nível sublime de unidade...

Feliz bêbado! Se chegou a isso, chegou a tudo, não tem por que se preocupar mais, porque a ideia em que se baseia todo o seu raciocínio está certa, e não há mais o que dizer (embora seja prejudicial à saúde). É verdade que ele é um só, e é verdade que se trata de um processo de simplificação: tudo vai até uma espécie de nada feliz, e nada se perde no caminho.

“Simplifica, meu filho, simplifica.” Por algum motivo, não consigo. Quero, mas não posso. É mais forte que eu. É como se fosse abstêmio.

Aqui em Paris bebo além da conta.

Como não sou um bom bebedor, o efeito é imediato, e exagerado. É o efeito em si. O efeito é andar ébrio, sorrindo feito um bobo por todos estes lugares prestigiosos, acumulando experiências, recordações, para quando não tenha outra coisa em que me apoiar. É um lugar-comum dizer que uma grande cidade oferece uma sucessão contínua de impressões diferentes, todas em um magma de intensidade variável. É certo. Mas, não deveria ser certo também para os outros, não só para si mesmo? Dos terraços dos cafés onde escrevo, vejo as pessoas passarem, e todas sem exceção parecem compactas, fechadas em si mesmas, deixando muito evidente que o efeito da cidade não agiu sobre si.

Mas o que pretendo? Não sei. Gente desarmada por suas próprias visões, como as mulheres de Picasso, coxos amedusados, devas de mil braços, gente-buraco, gente fluida?

Talvez o que espere ver, ao final de um raciocínio que se sustenta a si mesmo, é gente que, como eu, não tenha vida. Nisso estou condenado ao fracasso. É curioso, mas todos têm vida, até os turistas, que segundo meus raciocínios não a deveriam ter. Ninguém a deixa em nenhum lugar, todas as vidas parecem ser portáteis. E são, naturalmente, nem é preciso dizer. Ter uma vida equivale (para sermos práticos e deixarmos de metafísicas) a ter negócios, assuntos, interesses. E como alguém vai se despojar de tudo isso? Muito bem. E como fiz isso, então?

Não sei.

Aproximei-me de todas as belezas, de todos os perigos. E a soma não se somou, nem a subtração se subtraiu, nem a multiplicação se multiplicou, nem a divisão se dividiu.

Imaginemos um homem que, por causa de uma perturbação mental (imagino-o porque ontem o vi) não pudesse caminhar, ir em frente, e nem sequer se mover sem o acompanhamento ou a ajuda de uma música muito sonora, que ele mesmo se visse obrigado a proferir em voz alta. Um sujeito incômodo para o próximo, evidentemente, mas talvez não tanto, ao menos para os que não o vissem com muita frequência, que poderiam pensar, com toda a razão, que o pobre infeliz não faz por querer. É curioso, mas poderia apostar que aqueles que têm de suportá-lo todos os dias teriam direito, sim, a pensar que o faz por querer, e com certeza pensam assim. Porque ele bem poderia escolher a imobilidade e ficar calado.

Não se move no silêncio, mas no canto. É quase como uma ópera: o canto se faz gesto, e destino, e argumentação (incoerente, louca), e as pessoas que o cercam também se fazem destino e fatalidade. Avança carregado de signos, levando a carroça no seu ritmo, que na realidade ele é o único a perceber. Abre caminho ao abrir sua vida com a insana falta de jeito de alguém furioso ao abrir o embrulho de um presente. Só que ele não encontra o presente e continua abrindo sempre, cantando sempre. É um melodrama perpétuo. Aí está o que seus achegados podem se perguntar: por que insiste? Na realidade, o que perguntam é o que vem antes: o movimento ou o canto? Canta para caminhar ou caminha para cantar? Pois bem, não existe resposta, como não existe resposta para o enigma da ópera. Porque não existe anterior ou posterior, não há uma sucessão, mas uma espécie de simultaneidade sucessiva.

Dentro dessa estranha lógica caminhava Delia Siffoni pela Patagônia naquela tarde funesta. Mas não o fazia com a inconsciência do louco. A pobre tinha caído na armadilha de um melodrama do qual era apenas mais um personagem. Logo ela, que sempre estava falando em desgraças. Suas palinódias fatalistas já não lhe teriam ajudado, porque a fatalidade não dependia dela. Fazia parte de uma combinação, mas estava sozinha. Não havia uma terceira pessoa. Não havia relato.

Como isso pode ter acontecido comigo? se perguntava. Como posso vir parar, sem ter percebido, neste páramo? Queria dizer: logo comigo, por que teve que acontecer comigo e não com outra? Pertencia a um tipo comum; sem pensar em detalhes nunca, havia se considerado uma senhora como todas as demais, à qual nada teria que acontecer que não acontecesse a todas as demais. É como se essas coisas acontecessem a outra, uma outra absoluta, quer dizer, como se não acontecessem a nenhuma. E, no entanto... Seu cérebro naquele momento um tanto febril passava em revista, inopinadamente, todo tipo de exceções. Conhecia tantas mulheres vítimas de lamentáveis destinos, alguns quase incríveis de tão desesperados! Tantas mulheres que poderiam ter dito "por que eu?"... e a pergunta ficava sem resposta... Tantas, que de repente pareciam ser todas. Nesse sentido, ela, a quem nada acontecia, era parte de uma pequena minoria de um tipo de senhoras, tão pequena que era quase unipessoal. As senhoras inconcebíveis que tinham a liberdade de narrar tudo, de se ocupar de todos os destinos. E se ela era a exceção, a única, se o mundo girava nesse sentido, então era lógico que a ela acontecesse o excepcional e único. A ela, justamente. Talvez lhe parecesse que eram tantas porque se dedicava a isso, aos comentários suculentos, um atrás do outro, a espremê-los até a última gota. Era a grande desocupada, a mulher-fofoca. Por exemplo, vinha-lhe à cabeça, quem sabe por quê, e com uma clareza quase excessiva, de microscópio, o caso de uma jovem que tinha sido um de seus assuntos favoritos do passado recente, até perder o lugar para o candente *affaire* de Balero: a moça se chamava Cati Prieto; era casada havia alguns anos e mãe de um bebê; o marido, com a desculpa justificada ou não, isso não se sabia, de um trabalho em Suárez, tinha literalmente a abandonado, vinha nos domingos de manhã, ia embora à noite, nem ficava para dormir. Tinha outra em Suárez, era evidente. E quando se apresentava, o maldito, sem nem perceber direito a presença do filho, ela passava as horas fazendo-o notar os progressos do bebê, o sorriso, a mãozinha, os gorjeios, olhe, viu, escutou?... e ele fumava o tempo todo, por trás de sua máscara de gelo, de sua indiferença. E ela insistia, a pobre infeliz... papai, pa.. pai... Para as comentaristas do caso, como Delia, era relativamente simples porque tudo ia parar no mesmo saco das coisas ignoradas, como quando alguém diz "cada família é um mundo", e ninguém pode pretender conhecer um mundo inteiro. Mas talvez... Isto ocorria a Delia agora, diante de sua visão cristalina... talvez essa jovem patética também não soubesse. Também não sabia, para começar, se seu marido tinha lhe abandonado ou não, se era burra, se conservava a esperança, se ele tinha ou não outra mulher em Suárez et cetera. Talvez não soubesse de nada, e talvez não tivesse maneira de saber, ela era a que menos sabia, como quando alguém diz "é a última a ficar sabendo", e aí estava o erro das comentaristas: acreditar que operavam sobre um mar de ignorância que era um espelhismo, até que suas asas se quebravam e elas terminavam chapinhando em águas reais e turbulentas e salgadas. Água maldita, que não aplaca a sede.

Patagônia maldita, beleza do diabo. Sua angústia e perplexidade cresciam à medida que o tempo passava. Como toda dona de casa, daquela época e de todas, Delia era muito apegada aos horários, dos que era escrava acreditando ser ama. E aqui parecia que os horários não existiam, simplesmente. O dia continuava. Na realidade, isso a assustava um pouco. Pareciam estar acontecendo estranhos fenômenos atmosféricos: uma cortina de nuvens havia se levantado do horizonte e no alto do céu ocorriam movimentos desordenados... Enquanto na superfície reinava uma calma assombrosa. Isso já era estranho, ameaçador. E, somada à persistência da luz, se tornava apavorante para a náufraga. Não podia acreditar que isso estivesse acontecendo com ela. Não podia e já quase nem tentava mais; mas de todo modo sentia que tinha passado, ou estava passando ao domínio da crença e deixava para trás o da realidade pura e simples, sua vida de horários.

Onde estarei?, perguntava-se.

A crença tinha um nome: Patagônia.

A circunstância fez de Delia uma mulher prática. Adeus às suas filosofias funerárias, às suas fantasias de dona de casa de luto! De repente havia assuntos mais urgentes a resolver. O simples fato de estar viva e não morta tinha consequências insuspeitadas. Que simples são as causas, que complicados os efeitos!

Tinha que encontrar alojamento. Um lugar onde passar a noite. Porque a noite, que não chegava, não demoraria a chegar. E aí sim a coisa pegaria. Muito mais do que imaginava, embora fosse justamente o que estava imaginando: uma noite sem lua, sem luz, em que tudo se transformaria em horrores... Isso era o que estava mais além da imaginação: a matéria das transformações. Porque não via nada ao seu redor passível de se transformar em outra coisa, nem uma árvore, nem uma rocha... As nuvens? Não concebia que se pudesse ter medo de uma nuvem. Quanto ao ar, não era passível de tomar formas.

Mas, de qualquer maneira, havia coisas. Não estava no éter. A luz mortiça do crepúsculo derradeiro estava ali mostrando-lhe milhões de objetos, pastos, cactos, seixos, torrões, formigueiros, ossos, carapaças de tatus, pássaros mortos, penas soltas, formigas, escaravelhos...

E a grande meseta cinza.

O que Delia ignorava, naquele crepúsculo perene, é que havia uma noite nesta sua história. Ignorava porque a havia passado em coma dentro dos restos do Chrysler achatado contra o caminhão-planeta.

Ramón Siffoni, seu marido, havia corrido toda a noite em seu caminhãozinho vermelho, sem se dar um minuto de descanso. Nem sequer pensou em parar para dormir um pouco, bem pelo contrário. Viu a lua sair à sua frente, um disco alaranjado escorrendo luz, e se sentiu o dono das horas e das noites, de todas sem exceções nem lapsos, num contínuo perfeito. Sua concentração ao volante era perfeita também. A noite havia chegado nesta concentração, enquanto o caminhãozinho atravessava como um brinquedo as cidadezinhas que adormeciam. De repente estava no deserto, e de repente era de noite. As cidadezinhas se transformaram em formações confusas de pedras, das que irradiavam escuridão. As cidades saíam da terra. Não eram cidades: ninguém vivia nelas. Mas se pareciam com outras cidades como uma gota d'água se parece a outra. Que não houvesse ninguém só significava que ninguém devia se orientar em seus meandros. Em suas ruas corria uma orientação geral abstrata, como o mapa da lua. Foi quando atravessou o rio Colorado que a lua saiu, sobre a ponte, e Ramón ficou alucinado, os olhos como duas estrelas. Uma grande meseta que não conhecia havia se colocado entre si e o horizonte, tomando o lugar de sua concentração. Não havia nada lá.

Sem que ele soubesse, aconteceu então um fenômeno não registrado, mas muito comum na Patagônia: as marés de atmosfera. A lua cheia, exercendo toda a força de atração de sua massa sobre a paisagem, levanta átomos adormecidos na terra e os faz ondular no ar. Não só átomos, que seriam o de menos, mas também suas partículas, entre elas as da luz e as intrincadíssimas da disposição.

Talvez a maré dessa noite tenha tido algum efeito sobre o cérebro de Siffoni, talvez não, nunca se saberá. Sobre o caminhão, teve a consequência curiosa de lhe remover a cor, o vermelho já meio desbotado com que havia saído de fábrica, quarenta anos atrás, mas que brilhava tanto nos amanheceres de verão, quando cantavam os pássaros. E também a cor que havia sob a pintura. Ficou transparente, embora não houvesse ninguém para vê-lo.

Quando, horas depois, Ramón olhou pelo espelho retrovisor, viu um carrinho azul-celeste correndo um quilômetro atrás dele. O pó tinha se tornado transparente também. A presença daquele veículo pequeníssimo ali encheu-o de estranheza. Pelo fio da estranheza, sentiu-se perseguido. Depois de algum tempo, continuavam à mesma distância. Não parecia difícil se livrar dele; nunca tinha visto um carro tão diminuto, mas não acreditava que tivesse muito motor. Acelerou. Tinha pensado impossível poder fazê-lo, porque vinha apertando o acelerador até o fundo, mas de qualquer forma o caminhão aumentou a velocidade, e muito. O caminhãozinho de cristal escapou para a frente, como uma flecha disparada do arco.

Aqui faço um parêntese. Porque, pensando bem, a lua teve sim um efeito sobre Ramón. Foi que se viu como marido. Era um marido como tantos, considerado bom, normal, mais ou menos. Mas o que viu foi que esta condição em que ele se encontrava com tanta comodidade descansava por inteiro num raciocínio, o de que "podia ser pior". Com efeito, há maridos que batem nas esposas, ou se degradam deste modo ou daquele, envergonhando-as, ou fazem-lhes todo o tipo de canalhices, em geral muito visíveis (nada é mais visível àquele que contempla um casamento), e tudo culmina no abandono: há maridos que se vão embora, que viram fumaça, muitíssimos. De modo que se o marido permanece, e persiste em suas infâmias, ainda assim "podia ser pior". Podia ir-se embora. Mas as mulheres não são tão idiotas a ponto de se conformar com isso, porque evidentemente "antes só do que mal acompanhada", já que existem situações-limite nas quais se livrar de um marido monstro é melhor do que o conservar. Na realidade o "podia ser pior" é muito flexível, e até muito exigente; a menor falha compromete um marido aos olhos de sua mulher. "Podia ser pior..." só se alguém é quase perfeito, se seus defeitos são veniais, do tipo humorístico (por exemplo, se não puxa a calça alguns centímetros ao sentar, e com o tempo o tecido se esgarça nos joelhos). Muito bem, assim se estabelece uma hierarquia: há homens que são monstros e fazem da vida de sua esposa um inferno, por exemplo, se são bêbados; e há outros que não, e se alguém está nessa última categoria pode se permitir o luxo de ver retrospectivamente seus pequenos (e grandes) defeitos, sentado no sofá da sala lendo o jornal, enquanto a esposa prepara o jantar, e se sentir muito seguro de si. Tão seguro que de repente se abre, diante dele, como uma flor maravilhosa, o mundo dos vícios que poderia, que pode, praticar com impunidade graças à sua condição de bom marido, de bom pai de família. A vida lhe permite, a ele, e a mais ninguém que ele. Não seria uma pena, um crime, desperdiçar semelhante oportunidade? O espectro das canalhices é a sua escada de Jacó; cada degrau terá sua dialética sutil de "podia ser pior", e a vida não será suficiente para chegar até em cima, ao monstro.

Pois bem, Ramón Siffoni tinha um vício. Era jogador. O casamento tinha feito dele um jogador, mas também o jogo tinha feito dele um homem casado. Jogava desde muito antes de casar, desde sua primeira juventude, mas no caso do jogo, como no de todos os vícios, não se tratava tanto de ter começado quanto de continuar. Era incorrigível. Seu caso era definitivo. Era a marca de sua vida, o estigma. Jogava tudo, o dinheiro que ganhava, e o que sua mulher ganhava também, na forma de dívidas impostergáveis, a mobília, a casa (por sorte, alugavam), o caminhão. Sempre estava a zero, pelado, e a partir daí se afundava em profundidades vertiginosas. Sempre perdia, como todos os jogadores de verdade. Era um milagre que sobrevivessem, que se alimentassem e se vestissem e pagassem as contas e criassem seu filho. O segredo deveria estar em que às vezes, por casualidade, ganhava, e com essa imprudência maravilhosa dos jogadores, que nunca pensam no amanhã, gastava todo o ganho até o último centavo para se pôr em dia e seguir adiante, de modo que o mesmo gesto de imprevidência que à noite agia contra a família, de dia agia a favor. Mais milagroso, muito mais, era que não se soubesse no bairro, na cidade (toda Pringles era um bairro, e a informação circulava rápido feito um corpo em queda livre). É claro que atividades desse tipo se realizam com certa discrição; mas, ainda assim, é inconcebível que ninguém soubesse, que nem minha mãe, íntima de Delia, soubesse. Porque, ainda que fosse discreto e noturno, era um passatempo por demais sujeito a indiscrições. E vinha sucedendo durante anos, e continuaria, por décadas, antes e depois (antes e depois do quê?). E, sobretudo, haveria bastado muito pouco, um dado qualquer, uma ínfima fibra de informação, para tirar conclusões, para explicar tudo... Ainda assim, ficou-se sabendo, mas muitíssimos anos depois (claro que se soube, de outro modo não estaria escrevendo isso), e eu já não morava em Pringles, um dia, não sei bem quando, numa de minhas viagens, mamãe sabia, sabia muito bem, estava cansada de saber, como se explicariam sem esse dado as vicissitudes da família Siffoni, seu *status quo*? Como se teriam explicado desde o princípio, desde a nossa pré-história no bairro? Isso é o que me pergunto: como? Se ninguém sabia!

As apostas sempre sobem. A lua subia... Mas não subia, como o sol também não sobe; essa ascensão é uma ilusão criada pelo girar da Terra... No zênite da aposta, Ramón Siffoni, o homem-lua, que pela mera gravitação de sua massa fazia subir as marés de dinheiro, poria sobre a mesa, ou já havia posto, a aposta suprema: seu casamento.

Quando voltou a olhar pelo espelhinho, o pequeno carro azul-celeste continuava atrás dele, cravado a um quilômetro de distância. Ramón suspeitou ainda mais de que o estavam seguindo. O que fazer? Acelerar mais era inútil, e podia ser contraproducente. Levantou o pé do acelerador, deixou que a velocidade caísse por si só; sempre o fazia, era algo automático. De cem diminuiu para noventa, oitenta, setenta... sessenta, cinquenta, quarenta, trinta... Meu Deus! Era pior do que uma freada. A paisagem lunar da meseta vinha fugindo para trás, e agora fugia para a frente, o pó transparente que se levantava do caminho de terra o envolvia como prata fluida... Era quase como avançar e retroceder nas dimensões, não na meseta. Mas, quando deu outra olhada no espelhinho, lá estava o quilômetro, o ratinho azul-celeste...

Voltou a acelerar feito um louco: trinta, quarenta, cinquenta, sessenta, setenta... oitenta... noventa, cem, cento e dez, cento e vinte... A transparência tinha dificuldades em lhe seguir, a lua saltava... O caminhão atravessava seu próprio rastro, sua própria direção...

Quando voltou a olhar o espelhinho... Não podia acreditar. Mas tinha que se render à evidência. O carrinho estava ali, sempre à mesma distância, o mesmo quilômetro, que além do mais era o mesmo, não outro, equivalente. Resolveu voltar a diminuir a velocidade, mas desta vez tão bruscamente que seu perseguidor não tivesse mais remédio que o superar. Assim o fez: cem, noventa, oitenta, setenta, sessenta, cinquenta, quarenta... trinta... vinte, dez, zero, menos dez, menos vinte, menos trinta... Nunca tinha feito isso antes. Os redemoinhos da lua o envolviam.

E, no entanto, quando olhou pelo espelho retrovisor, para sua imensa surpresa, lá estava o carrinho azul e o quilômetro que os separava. Acelerou. Desacelerou. Etc. Se a princípio não conseguia acreditar nisso, agora, depois de duas horas de corrida nos dois sentidos, conseguia menos. O que mais lhe intrigava, em suas periódicas inspeções pelo espelho retrovisor (que era externo, daqueles que aproximam, e sustentados por um braço metálico ao lado da cabine) era que o carrinho azul brilhasse tanto e que mantivesse sua posição como que suspensa na estrada, como se flutuasse acima dos buracos enquanto ele pulava cada vez mais, e, sobretudo, a distância que se mantinha idêntica... idêntica demais... Sem diminuir nem aumentar a velocidade, que a essa altura das alternâncias já não sabia de que lado do excesso estava, fez girar com a mão esquerda a manivela do vidro da janela. Quando estava abaixado, com os olhos quase fechados por causa do vento que entrava, pôs a mão para fora, levou a ponta dos dedos indicador e polegar delicadamente, na medida em que os pulos do caminhão lhe permitiam, à superfície oval do espelhinho e arrancou... arrancou o carrinho azul! Como se fosse um pequeno adesivo colado ali... Levou-o até os olhos, inclinando um pouco a cabeça para o lado para vê-lo à luz da lua... Era uma asa de borboleta, de um azul-cobalto metalizado, a lua lhe arrancava esse brilho que se fizera tão evidente... Maravilhava-se de ter sido presa de uma ilusão tão barroca, isso só poderia acontecer a ele... Porque, além do mais, uma asa de borboleta pode se colar a uma parte ou outra de um veículo em movimento, de fato, isso acontece o tempo inteiro durante uma travessia, mas as borboletas se chocam contra as partes do veículo que vão quebrando o ar, por exemplo, o para-brisa ou o radiador! E o espelhinho estava virado para trás! A única explicação era que em alguma das recentes desacelerações a borboleta tivesse ficado presa na mudança de velocidades relativas e tivesse colidido de trás. Afastou os dedos, deixou que o vento levasse esse centímetro de asa azul, levantou o vidro e não voltou a olhar para o espelho.

Se o tivesse feito, iria se surpreender ao ver que o carrinho continuava ali, onde antes estava sua silhueta recortada na asa da borboleta. Dentro do carrinho vinha Silvia Balero, a professora de desenho, louca de angústia e meio sonolenta. Tinha visto desaparecer diante de seus olhos o caminhão vermelho de Siffoni, que seguia como o último fio que lhe unia ao seu vestido de noiva, à sua costureira. O momento em que a maré de atmosfera tornou invisível o caminhão a surpreendeu em más condições. Porque era, como todas as candidatas a solteirona, muito dependente de seus biorritmos, e depois da meia-noite ela sempre, sempre dormia. Nunca em sua vida havia passado disso. A noite era uma incógnita para esse ser diurno, impressionista. De modo que à meia-noite, por uma estranha coincidência o momento em que a lua agiu sobre o caminhão, ela entrou em piloto automático, feito uma sonâmbula. Como num pesadelo, sentiu o desespero de que a caça se desvanecesse diante de seus olhos. No seu estado, esse desaparecimento representava o de toda a realidade.

– Estou com fome – pensou Ramón Siffoni, que ainda não tinha jantado. Um pouco mais adiante, viu o que parecia ser uma pequena montanha sob a lua e, no topo dela, um hotel. Apesar da hora, ele enxergava luzes nas janelas do térreo e pensou que não seria impossível que lá houvesse um restaurante. A suposição se tornou muito mais verossímil quando viu, na subida, vários caminhões estacionados na frente do hotel. Todo viajante na Argentina sabe que, onde os caminhões param, come-se bem; com mais razão ainda, come-se.

Quando pôs o pé no chão, uma mulher se dirigiu até ele, embora parecesse fugir dele, ao mesmo tempo. Não a viu direito, porque o carrinho azul de que ela havia descido lhe chamou a atenção.

Silvia Balero notou que ele não a reconhecia, apesar de ter aberto a porta para ela, em suas visitas cotidianas à costureira. Todas as mulheres deviam lhe parecer iguais. Era esse tipo de homem.

– Desculpe incomodá-lo, não sei o que vai pensar de mim, mas, posso lhe pedir um favor?

Siffoni a olhava de um jeito que poderia parecer maleducado, mas que na realidade era de curiosidade, porque ela lhe parecia conhecida, mas não sabia de onde.

– Poderia me acompanhar lá dentro? Quero dizer, como se fôssemos colegas, viajantes... Já que o senhor vai se hospedar aqui... Me dá aflição entrar sozinha.

Por fim reagiu, e partiu rumo à porta.

– Não. Vou jantar, e só.

– Eu também! Depois sigo viagem!

Perguntava-se: "Onde terá deixado o caminhão? Parece até que desceu do ar."

Mas a entrada estava fechada, e, por entre umas pequenas cortinas, via-se o saguão escuro e deserto. Ramón deu uns passos ao longo da fachada, com a mulher atrás dele. As janelas de um salão que bem podia ser o restaurante também mostravam, do outro lado, um espaço escuro, mas de algum lugar chegavam uns raios de luz esfumaçada. Ramón Siffoni retrocedeu alguns metros. Do caminho, ele havia visto luzes acesas, mas agora não sabia de que lado. Tentava entender a estrutura do edifício.

Não podia se concentrar por causa da perplexidade que a companhia lhe causava: à luz da lua, a mulher não parecia muito lúcida. Estaria bêbada, seria uma louca? Esse tipo de homem sempre pensa o pior das mulheres, justamente porque todas lhe parecem a mesma mulher.

As dificuldades que encontrava se deviam a que o projeto do hotel era realmente ininteligível, porque se tratava de um estabelecimento termal cujo térreo tinha se adaptado à formação dos orifícios manantes da terra, das rochas; estas últimas não podiam ser retiradas porque eram tampões.

Mas, por fim, ao virar uma esquina inclinada, encontrou-se diante de uma janela com luz e pôde ver do lado de dentro. Sua surpresa foi enorme (mas sua surpresa sempre era enorme quando via qualquer coisa naquela noite) ao se encontrar diante de uma cena que conhecia bem demais: a mesa de pôquer. Agora, de repente se lembrava de ter ouvido falar sobre este hotel, parada obrigatória de todos os jogadores que se dirigiam ao sul, contrabandistas, caminhoneiros, aviadores... Um velho hotel de águas termais, de clientela extinta, inferninho lendário. Nunca havia pensado que chegaria a conhecê-lo um dia, ou uma noite.

Diante desse espetáculo, abstraiu-se de tudo, até da mulher que se empinava às suas costas para enxergar. Os homens, as cartas, as fichas, os copos de uísque... Mas não se abstraiu de tudo, em absoluto; houve uma coisa que percebeu. Um dos jogadores era de Pringles, e ele o conhecia muito bem, não só por ser vizinho. Era o chamado Chiquito, o caminhoneiro. Bastou vê-lo para compreender que a viagem não tinha sido em vão, ou que pelo menos não tinha tomado a direção errada. Se obtivesse o que queria dele, não seguiria adiante.

Sabia bem como chegar a uma mesa de jogo, embora todas as portas estivessem fechadas. Seus movimentos se tornaram seguros, e Silvia Balero os percebeu. Foi atrás dele. Ramón bateu na janela e depois na porta mais próxima. Antes que viessem abrir, mexeu no bolso da camisa e tirou uma máscara preta. Já a tinha havia algum tempo, mas não pensava que a ocasião de usá-la chegaria tão de repente. Colocou-a (tinha um elástico que se ajustava na nuca). Naquele tempo era comum que os jogadores nos inferninhos escondessem sua identidade sob máscaras. De modo que bastou vê-lo para que o porteiro do hotel que veio abrir a porta soubesse o que ele queria. Entraram. Silvia Balero puxou-o pela manga.

– O que você quer? – disse, rispidamente, sem conseguir acreditar no inoportunismo de uma desconhecida, que lhe pedia atenção quando ele ia fazer a aposta de sua vida.

Ela queria um lugar onde dormir. Na verdade, já estava meio adormecida, sonâmbula.

Sem lhe responder, Ramón sinalizou ao porteiro que os conduzia, mas este disse que eles deviam falar com o dono do hotel, que justamente estava sentado à mesa de jogo. Foi o que fizeram. Os presentes dirigiram um olhar de apreciação à professora, e o hoteleiro levou-a até um quarto não muito longe de onde estavam e depois voltou. O recém-chegado já tinha seu lugar, haviam lhe recitado as regras, e pedia fichas a crédito. Incluindo o patrão, eram cinco. O porteiro olhava. Dois eram caminhoneiros, Chiquito e outro homem de má aparência; os outros dois eram estancieiros da zona, criadores de gado, sem dívidas. Chiquito havia ganhado muito. A essa hora, já jogavam por milhares de ovelhas ou montanhas inteiras.

Para que se deter na descrição de um jogo igual a qualquer outro. Dama, rei, dois etc. Ramón perdeu sucessivamente seu caminhão, o carrinho azul e Silvia Balero. A única coisa que lhe faltava era pagar os dois uísques que havia tomado. Deixou cair as cartas sobre o tapete, com os olhos quase fechados no fundo da máscara, e perguntou:

– Onde é o banheiro?

Mostraram-lhe. Foi, e escapou pela janela. Correu até onde havia deixado o caminhão, tirando as chaves do bolso... Mas quando chegou ao lugar, entre os demais caminhões, todos grandes e modernos (e o de Chiquito, que ele conhecia bem, com uma estranha máquina preta grudada na parede posterior do reboque; não parou para ver o que era), ali, no pátio, não o encontrou. Achou que estava sonhando. A lua tinha desaparecido, também, só restava um incerto resplendor entre a terra e o céu. Seu caminhão não estava lá. Quando o apostou, o segundo caminhoneiro, que o ganhou, tinha saído para vê-lo, e ao voltar aceitara a aposta contra dez mil ovelhas, coisa que surpreendeu um pouco Siffoni. Teria mudado o caminhão de lugar nessa ocasião? Impossível sem as chaves, que não haviam saído do seu bolso. De qualquer modo, não teria como procurá-lo muito, porque era iminente que percebessem sua fuga... Tentou entrar no carrinho azul, mas não cabia: era um homem corpulento. Ouviu, ou acreditou ouvir, uma porta batendo... O pânico desconcertou-o por um momento, e já corria desabaladamente em qualquer direção, descia da montanha até a meseta enquanto amanhecia, numa hora impossível de tão cedo.

Silvia Balero, de quem os jogadores ignoravam que levava um filho em seu ventre (se soubessem, tê-lo-iam apostado também), ficou então sob posse legal de Chiquito, sem o saber, profundamente adormecida. Em certo momento dessa noite as torneiras do banheiro de seu quarto se abriram automaticamente e a banheira começou a se encher de água fervendo, de cor vermelha, que girava o tempo inteiro sobre si mesma e desprendia um vapor também vermelho, fervente, sulfuroso.

Quando Chiquito levantou da mesa de jogo, da qual havia sido o único ganhador, percorreu o hotel (que também havia passado a ser de sua propriedade) com passo cambaleante, não pela bebida, que nunca o afetava, nem pelas muitas horas de imobilidade, às quais estava habituado por causa de sua profissão, mas pelo puro prazer de cambalear, pelo charme de bruto. Tudo era dele; também estava habituado a isso, porque sempre ganhava. Era o jogador mais sortudo do universo, e uma lenda se erguera sobre ele, uma lenda e um grande enigma (para que continuava trabalhando?). Há muitos anos estava na mira dos jogadores de Pringles, que haviam se proposto, cada um por sua vez, a ganhar uma partida dele no baralho; sabiam que só um conseguiria, uma só vez, e esse acontecimento, se chegasse, seria um triunfo muito grande sobre a sorte. Ele não sabia, e se tivesse ficado sabendo não teria se preocupado nem um pouco. Pelo contrário, isso o teria feito dar gargalhadas.

Atravessou o saguão escuro observando o entorno com olhos turvos. Tudo era seu, como tantas vezes havia sido, como sempre. E não havia nada que não fosse seu, porque não havia passageiros hospedados no hotel... Um momento: sim, havia alguém, uma bela desconhecida, que também era sua, porque a havia ganhado do homem de máscara. Partiu em sua busca, sem cambalear. Foi abrindo as portas dos quartos, todos vazios, até dar com o de Silvia Balero. Ela dormia profundamente em meio a uma névoa avermelhada. Ficou ali, olhando-a, durante alguns instantes... Depois foi até o banheiro, e ficou ali olhando durante alguns instantes a água vermelha que fervia na banheira. Por fim, tirou a roupa e submergiu. Ninguém teria resistido a essa temperatura, mas a ele não fez nada. O coração quase parou de bater, seus olhos se entrefecharam e a boca se abriu numa careta estúpida.

O passo seguinte foi violentar a adormecida. Não percebeu que estava grávida; achou que fosse barriguda, como tantas mulheres no sul argentino. O resultado foi que uns dedinhos azuis lá dentro se agarraram ao seu membro como a uma manivela, e quando o retirou, intrigado, puxou a reboque um feto peludo e fosforescente, feio e deformado como um demônio, que com seus gritos acordou Silvia Balero e obrigou-os a fugir, deixando-o dono da cena.

Foi assim que o Monstro veio ao mundo.

Dias de ócio na Patagônia...

Dias de turista em Paris...

A vida leva as pessoas a todo tipo de lugares distantes, e em geral acaba levando-as ao mais distante de todos, aos extremos, porque não há motivo para frear seu impulso no meio do caminho. Mais além, sempre mais além... até que deixa de existir o mais além, e então os homens ricocheteiam de volta e ficam expostos a um clima, a uma luz... A recordação é uma miniatura lumínica, como o holograma da princesa naquele filme, que transportava em seus circuitos o robô fiel de galáxia em galáxia. A tristeza inerente à recordação provém de que seu objeto é o esquecimento. Todo o movimento, a grande linha, a viagem, é um arroubo do esquecimento, que se curva na bolha da recordação. A recordação é sempre portátil, está sempre nas mãos de um autômato vagabundo.

O mundo, a vida, o amor, o trabalho: ventos. Grandes trens cristalinos que passam apitando pelo céu. O mundo está envolto em ventos que vão e vêm... Mas não é tão simples, tão simétrico. Os ventos de verdade, as massas de ar que se deslocam entre diferenças de pressão, acabam virando sempre para o mesmo lado e se reúnem nos céus argentinos: ventos grandes e pequenos, os ventos cosmopolitas e oceânicos tanto quanto os diminutos sopros de jardim: um funil das estrelas reúne todos, adornados com suas velocidades e direções como fitas nos penteados, e vão parar nessa região privilegiada da atmosfera que é a Patagônia. É por isso que lá as nuvens são o momentâneo por excelência, como dizia Leibniz que as coisas eram ("as coisas são mentes momentâneas": uma cadeira é exatamente como um homem que vivesse um só instante). As nuvens patagônicas acolhem e acomodam todas as transformações dentro de um só instante, todas sem exceção. Por isso o instante, que em qualquer lugar é seco e fixo como um clique, na Patagônia é fluido, misterioso, novelesco. Darwin chamou-o de Evolução. Hudson, de Atenção.

Não estou falando em metáforas patrióticas. Isto é real.

Viajar é real. Abrir a porta de todos os medos é real, embora não seja o que houve antes nem o que vem depois, nem os motivos nem as consequências. Na verdade, não consigo entender como é que as pessoas podem tomar a decisão de viajar. Talvez me fosse conveniente estudar a obra desses poetas japoneses que se deslocavam de paisagem em paisagem encontrando temas para suas composições um pouco incoerentes. Talvez aí esteja a explicação. "Na manhã seguinte, o céu estava muito claro, e no preciso momento em que o sol alcançava seu maior brilho, saímos no bote pela baía." (Bashô)

Os céus da Patagônia estão sempre limpos. Lá se reúnem os ventos, numa grande feira de transformações invisíveis. É como dizer que lá acontece tudo, e o restante do mundo se dissolve na distância, inoperante, a China, a Polônia, o Egito... Paris, a miniatura lumínica. Tudo. Sobra apenas esse espaço radiante, a Argentina, linda como um paraíso.

Como viajar? Como viver em outro lugar? Não seria uma loucura, uma autoaniquilação? Não ser argentino é lançar-se ao nada, e ninguém gosta disso.

E, em plena transparência... Quero anotar uma ideia, ainda que não tenha nada a ver, antes que dela me esqueça: será que os ideogramas chineses foram pensados originalmente para serem escritos em vidro, para serem lidos do outro lado? Talvez daí provenha todo o mal-entendido.

E em plena transparência, dizia... um vestido de noiva. Uma nuvem? Não. Um vestido branco, claro que sem forma de vestido, ou melhor: sem forma humana, a que toma posto em sua dona ou num manequim, mas em sua forma autêntica, a forma pura de vestido, que ninguém tem oportunidade de ver, nunca, porque não é uma questão de vê-lo feito um monte de pano atirado sobre uma mesa ou uma cadeira. Isso é informe. A forma do vestido é uma transformação contínua, ilimitada.

E era o vestido de noiva mais belo e complicado que jamais se havia feito, um desdobrar de todas as dobras brancas, maquete macia de um universo de brancuras.

A dez mil metros de altura, voando com o que parecia ser uma majestosa lentidão, embora devesse estar indo muito rápido (não havia ponto de referência nesse abismo azul de puro dia). E mudando de forma sem parar, sempre, macrocisne, abrindo asas novas, nunca as mesmas, a cauda de catorze metros, hiperespuma, *cadáver exquisito*, bandeira da minha pátria.

Passaram-se tantos anos que já deve ser terça-feira!

.............

Havia deixado Delia errando no crepúsculo desolado. Ao fim de várias horas de passeio incerto, começava a se perguntar onde passaria a noite. Sentia-se perdida, suspensa num cansaço desumano. Um pouco mais, muito pouco, e estaria caminhando feito uma autômata, feito uma louca. Agora já dava no mesmo o rumo em que ia; se houvesse uma visão qualquer, em qualquer lugar, iria até lá. O que a assustava era se sentir no extremo do interesse; quando saísse para o outro lado, já não mudaria mais de direção. A noite fazia-lhe pressentir essa espécie de deserto uniforme que nela entraria, e a enchia de pavor. Uma casa, um teto, uma caverna, um *quincho**...! Um rancho abandonado, uma tapera, um galpão...! Sabia que mesmo no fundo do cansaço podia arrancar ânimo para tornar qualquer ambiente habitável por uma noite, até o mais deplorável... Ela se via varrendo, colocando tudo em ordem, fazendo a cama, lavando as cortinas... Eram fan-

---

* Na Argentina e Uruguai, peça separada da casa, no pátio, onde se preparam os churrascos. (N. da T.)

tasias absurdas, mas a consolavam um pouco, ao mesmo tempo que seu desamparo continuava crescendo porque a meseta se estendia mais e mais, e o horizonte desdobrava uma nova faixa em branco, e outra... Teria sentido continuar?

A noite praticamente havia caído. Só o que faltava era que escurecesse. Cada momento parecia o último para ver o sinal de salvação. E num deles, por fim, enxergou algo: dois paralelogramos longos e baixos pousados no fundo da distância, como dois hifens. Foi até eles com asas nos pés, sentindo toda a dor do cansaço se enroscar em suas veias. Foi então que escureceu (devia ser meia-noite) e o céu se encheu de estrelas.

Já não via seu objetivo, mas ainda assim o via. Apressou-se. Não lhe importava se corria para sua perdição. Havia tantas perdições! Nunca tinha estado perdida no escuro, lançando-se até a primeira forma vista na última luz para mendigar refúgio e consolo... mas sempre há uma primeira vez. Nada mais lhe importava.

Delia era uma mulher jovem, mal passava dos 30 anos. Era pequena, forte, bem formada. Não é um mero recurso literário dizer isso só agora. Para nós, crianças (eu era o melhor amigo de seu filho de 11 anos), ela era uma senhora, uma das mães, uma velha feia e ameaçadora... Mas havia outras perspectivas. É o ponto de vista infantil que faz as mulheres parecerem ridículas; mais exatamente, as faz parecerem travestis, e por isso um tanto cômicas, como artefatos sociais cuja única finalidade, uma vez que a perspectiva infantil se desloque um pouco, é fazer rir. E, no entanto, são mulheres de verdade, sexuadas, desejáveis, lindas... Delia era uma delas. Agora, escrevendo isto, devo fazer a reconversão, e não é fácil. É como se toda minha vida se esgotasse no esforço, e não restasse homem algum com a caneta na mão, mas um fantasma... Já ao dizer "Delia é uma delas", estou falsificando as coisas, afantasmando-as. Não, Delia não é a miniatura lumínica no arquivo de nenhum projetor de imagens. Disse que era uma mulher de verdade, e me remeto às minhas palavras... a algumas, pelo menos... às palavras antes que formem frases, quando ainda são puro presente.

De repente viu se levantarem diante dela os retângulos enormes, como muros pretos que lhe bloquearam misericordiosamente a passagem. Durante grande parte dos últimos cem metros, acreditou que eram paredes, mas ao chegar reconheceu seu erro: era um caminhão, um desses gigantescos caminhões com reboque como o que estacionava na quadra de sua casa, o de Chiquito... Estava tão alterada que não lhe ocorreu nem por um instante que pudesse ser o mesmo (como era, na realidade), e aí sua busca teria terminado...

Tinha as luzes apagadas, estava escuro e silencioso, como uma formação natural que tivesse emergido da meseta. Suas trinta rodas, altas como Delia, inchadas de atmosferas negras, se apoiavam na terra perfeitamente nivelada. Devia ser isso o que lhe dava a aparência de edifício.

A náufraga foi até a parte dianteira, e ao chegar à cabina, contornou-a com cautela, ficando na ponta dos pés para olhar para dentro. O para-brisa, do tamanho de uma tela de cinema, cobria a metade superior da tromba achatada. No vidro refletiam-se as constelações, e além do mais contra ele havia se chocado uma coleção de borboletas que o motorista não tinha se dado ao trabalho de limpar. Os pedacinhos de asa, azuis, alaranjados, amarelos, todos com um brilho metálico que concentrava a luz do firmamento, tinham ficado colados com seu gel fosforescente, recortados em formas caprichosas nas quais Delia, ainda em sua distração, reconheceu cordeiros, carrinhos, árvores, perfis e até borboletas.

Dentro, não se via ninguém, mas isso não a assustou. Sabia que os caminhoneiros, quando estacionavam de noite para dormir, se deitavam num pequeno compartimento que tinham atrás da cabine, às vezes com capacidade para duas pessoas ou mais. Ao que parece, davam um jeito de estar bastante cômodos. Nunca havia visto um deles, mas tinham lhe contado. Omar, seu filho, tinha lhe contado sobre as comodidades pessoais que Chiquito tinha em seu caminhão, sobre o qual estávamos sempre brincando. Ainda fazendo a dedução correspondente à fantasia e a relação de dimensões de uma criança, ela havia acreditado nele, porque outros o haviam confirmado e, além do mais, era razoável. Tinha certeza de que este caminhão noturno, tão grande e tão moderno, não seria menor do que o de seu bairro (não sabia que era o mesmo).

Foi até a portinhola ao lado do condutor e bateu. Esperou um pouquinho, e, como não houve resposta, voltou a bater. Esperou. Nada. Voltou a bater. Toc-toc. Ninguém respondia. O caminhoneiro não acordava. Mas... que cheiro de ovo frito! Delia não tinha comido nada fazia uma enorme quantidade de horas, então, mais do que a surpreender, esse aroma incongruente a deixou fora de si de indignação com seu destino zombeteiro e lhe deu ânimo para voltar a bater à porta. "Vou entrar", disse a si mesma, ao ver que o silêncio persistia. Ainda assim, esperou um pouco e voltou a bater. Era inútil. Bateu uma vez mais, já sem esperanças, e ficou mais um minuto, atenta, na expectativa. Voltou a sentir o cheiro. Parecia-lhe óbvio que vinha de dentro do caminhão, o caminhoneiro deveria estar fazendo o jantar. E ela do lado de fora, morta de fome e cansaço, a centenas de léguas de sua casa! "Vou entrar, não me importa", pensou, mas por um resquício de cortesia voltou a bater três vezes, com os nós dos dedos, na chapa sólida da porta, que parecia de ferro. Esperou para ver se, por um acaso, desta vez ele a ouviria, mas não foi assim.

Entrar, ainda que tomada a decisão, não era tão fácil. Esses caminhões pareciam feitos para gigantes. A porta era altíssima. Mas tinha uma espécie de degrau, e dali conseguiu agarrar a maçaneta. Ainda que não estivesse trancada, acionar essa trava hidráulica exigia uma força quase sobre-humana. Acabou se pendurando nele com todo o seu peso, e assim conseguiu. A porta de um caminhão, como de qualquer veículo, ao contrário da de uma casa, se abre para fora. E esta se abriu completamente, acolhedora, mas levou Delia em seu arco... O degrau desapareceu sob seus pés e ela ficou balançando, dependurada na maçaneta, a dois metros do chão. Não conseguia acreditar que estava fazendo essas piruetas, como uma menina travessa. "E agora, o que faço?", perguntou-se, espantada. Aquilo não parecia ter solução. Podia se deixar cair, pensando que não quebraria a perna, e depois voltaria a subir pelo degrau. Nesse caso, não via como poderia fechar a porta novamente, embora isso fosse o de menos. Seja como for, fez do modo difícil: esticou uma perna no ar até tocar a parede do reboque, tomou impulso com força, para fechar a porta, e sem deixar que esta fizesse contato, no momento certo soltou a maçaneta e se agarrou, de um tapa, ao espelho retrovisor. Assim dependurada conseguiu meter o corpo pela abertura até pôr um pé dentro da cabine, e com uma segunda acrobacia arriscada soltou definitivamente a maçaneta e se agarrou ao volante. Ele não era tão firme quanto os seus apoios anteriores; girou, e Delia, surpresa, ficou de repente na horizontal, e, na pressa, abriu as duas mãos e as levou ao rosto. Por sorte, caiu dentro, no chão da cabine, mas a cabeça ficou dependurada para fora, e a porta, no último vaivém, vinha para cima dela... Teria sido decapitada facilmente se uma força desconhecida não a tivesse detido a um milímetro do pescoço. A borda metálica afiadíssima se afastou suavemente e Delia tirou a cabeça sem esperar que a porta voltasse. Movimentou-se, extremamente incômoda, tentando subir no assento. Tão grande era o espaço, ou tão pequena ela, que conseguiu ficar de pé, de costas para o para-brisa.

Quis dar meia-volta e sentar para esperar que seu coração se acalmasse, mas não conseguiu. Aterrorizada, sentiu uma pressão de aço que rodeava a cintura e não lhe deixava se mexer. Se tivesse desmaiado, e faltou pouco, pelo espanto que a invadia, teria ficado de pé, sustentada por esse anel impiedoso. E não era uma ilusão, nem uma cãibra, porque ela levou as duas mãos à cintura e sentiu essa espécie de víbora rígida, duríssima e muito suave ao tato, que a circundava feito uma camisa de força. Não gritava porque a voz não saía, não porque tivesse a boca fechada. Podia girar para a direita e para a esquerda, mas sempre no mesmo lugar; isso não cedia um milímetro, ainda que, curiosamente, aceitasse girar um quarto de círculo cada vez que ela tentava. Demorou alguns agonizantes segundos para compreender que, ao se levantar, tinha enfiado o corpo dentro do volante, o qual agora tinha à cintura.

Saiu por cima dele e se deixou cair no assento, que cheirava a couro e gordura, ofegando, enroscada, perguntando-se pela milésima vez por que coisas tão desagradáveis tinham que lhe acontecer. Adormeceria, de tão esgotada que estava, não fosse pelo cheiro de fritura, que lá dentro – só agora percebia – havia se intensificado.

Levou algum tempo para se acalmar e voltar a considerar sua situação. Tinha ficado de cara com o para-brisa, e o que viu através dele a fez levantar a cabeça. Tinha diante dela a maravilhosa Patagônia noturna, inteira e ilimitada. Era uma meseta branca como a lua, e um céu negro cheio de estrelas. Grande demais, lindo demais, para ser abarcado num só olhar, e apesar disso deveria fazê-lo, porque ninguém tem dois olhares. Esse panorama parece repousar no negro puro da noite, mas ao mesmo tempo era pura luz. Estava coberto de pequenas manchas negras, como furos no vazio, recortados em formas muito precisas e caprichosas, nas quais o acaso parecia ter se empenhado em representar todas as coisas que uma consciência flutuante quisesse reconhecer, mas sem as reconhecer totalmente, como se a pletora figurativa excedesse o ser das coisas. Essas manchas eram o inverso, visto do lado de dentro, dos pedaços de asas de borboletas colados ao vidro do para-brisa.

Quando por fim Delia conseguiu afastar seu olhar do espetáculo grandioso, admirou o instrumental que adornava o painel. Havia centenas de quadrantes, relo-ginhos, agulhas, puxadores, diais, botões... Tudo isso era necessário para dirigir um caminhão? Não havia uma alavanca de câmbio: havia três. E uma dezena mais ouriçava o eixo do volante. Este era tão desmedido que não estranhou ter se metido nele sem querer; o estranho teria sido não o acertar. Embaixo, na sombra, vislumbrava-se uma confusão de pedais. Sentiu-se muito pequena, muito diminuída, e se lembrou de tirar os pés do assento.

Mas teve que voltar a colocá-los nele, mais ainda: ficar de pé sobre o assento, para chegar aos aposentos do caminhoneiro. Sabia, pelas descrições de Omar, que a entrada ficava em cima do encosto, e se aproximou para olhar. Havia um biombo duplo, horizontal, que uma luz dourada cortava duas vezes. Ia chamar, mas uns ruídos abafados, e o eco muito apagado de uma voz subitamente a amedrontaram. Na realidade, não sabia onde havia se metido, em que fria. Mas já não era questão de retroceder. Com essa lógica sempre falida dos intrusos corteses, preferiu não chamar, mas andar na ponta dos pés, para preparar de algum modo a surpresa; não fosse provocar um ataque cardíaco no caminhoneiro desprevenido, ou que não tivesse tempo de colocar a calça.

Entrou, as pernas primeiro. Quando se soltou, caiu mais do que esperava. Deslizou por um daqueles biombos que se inclinavam por estarem presos por dobradiças à parede traseira da cabina. Viu-se nesse dormitório estradeiro de que tanto tinha ouvido falar. Havia duas camas, uma muito perto da outra, as duas desarrumadas. A desordem e a sujeira eram indescritíveis: revistas de quadrinhos, roupa, aves dissecadas, facas, sapatos... Uma velinha acesa sobre a cômoda iluminava o tugúrio. Para uma mulher sozinha e perdida como ela, essa atmosfera era o presságio de qualquer coisa. Uma parte de sua consciência o soube, a outra estava ocupada em tentar ver o que aconteceria depois. Esta última tomou a iniciativa; saiu por uma das portas, ao acaso, e atravessou um quarto cheio de trastes, que não olhou, rumo à outra porta, do outro lado da qual havia um salãozinho com sofás de couro. Parou entre eles e olhou-os, sem poder acreditar. Ali não havia luz, exceto a que vinha da porta aberta, por onde se ouviam ruídos. O salão tinha quatro portas, uma de cada lado. Todas estavam abertas. Deu uma olhada pela mais escura, que levava a um corredor, e depois na seguinte: um escritório, com uma grande escrivaninha, onde se repetiam a desordem e a sujeira do dormitório. Entrou por ali, saiu pela porta do outro lado e se encontrou num vestíbulo com cadeiras. E três portas. Atravessou a primeira à esquerda: um dormitório desocupado, com a cama feita. Na realidade, não parecia uma cama, mas uma espécie de mesa baixa e mole... Ali também havia outra porta. Notou, retrospectivamente, que havia portas em todos os ambientes, como se tivessem se preocupado em obter o máximo de circulação. O resultado era que estava perdida. Seguiu em frente e acabou chegando à cozinha, que era a fonte da luz que se difundia por todo esse dédalo.

Pensou que o momento da verdade havia chegado, embora não houvesse ninguém lá. Mas o fogão estava ligado e dois ovos crepitavam na frigideira. O cozinheiro devia ter saído por um momento, talvez tivesse ido atrás dela, se é que a tinha escutado. Um grande lampião ofuscava esse reduto cheio de louças e víveres. A pilha de louça suja era inacreditável e havia resíduos atirados por todos os lugares, colados até nas paredes e no teto. Uma olhada rápida para a frigideira indicou-lhe que os ovos fritos estavam quase prontos. No balcão, havia uma garrafa de vinho tinto pela metade e um copo. Assustou-se e saiu depressa: irrompeu na sala onde havia estado antes, que agora lhe pareceu diferente por causa de um cheiro novo que redobrou os seus temores. Acompanhando com os olhos uma espiral de fumaça, viu que no cinzeiro da mesinha de café entre os sofás havia um cigarro Brasil recém-aceso. Mas ainda não havia ninguém... Que estranho.

A aversão de Delia pela fumaça do tabaco era extrema e bastante inexplicável. Não concebia que se fumasse no interior de uma casa. Tinha conseguido que seu marido, ao casar, abandonasse o hábito, milagre menor mas importante, em todo caso. Até certo ponto, havia esquecido que isso existia; ficou olhando com incrédulo horror a fumaça que se elevava, na quietude sobrenatural do ar desse interior.

Chiquito entrou pela porta do corredor e se inclinou para pegar o cigarro. Estava de cuecas e camiseta, peludo, despenteado e com cara de poucos amigos. Foi até a cozinha.

Voltou quase imediatamente com os ovos na frigideira. Atravessou o salão e entrou pela mesma porta de onde tinha vindo antes. No fim do corredor havia uma mesa de jantar. Delia, espiando de trás do sofá, onde havia se escondido, viu-o sentar-se à mesa, esvaziar a frigideira sobre o prato e começar a comer. Ficou paralisada ao reconhecê-lo, surpresa. Num instante, e sem ser absolutamente uma intelectual, numa inspiração súbita resumiu a circunstância numa epigramática inversão do que vinha dizendo até agora: era ela, ela mesma, e sem querer, que havia jogado um lance ruim em seu destino.

De repente, Chiquito soltou um berro. Havia colocado na boca um ovo inteiro sem se lembrar de tirar o cigarro dos lábios, e a brasa tinha lhe queimado a língua. Cuspiu um jorro de matéria viscosa branca e amarela, que foi parar sobre uma mulher sentada na frente dele. Era Silvia Balero, que tinha sofrido uma dramática transformação desde a última prova que havia feito com a costureira: estava preta. Por seu rosto, peito e braços pretos corria a baba de ovo sem que ela movesse um músculo. Parecia uma estátua de ébano. Chiquito se atirou gemendo pelo corredor e voltou com um curativo na língua. Tomou vários copos de vinho na sequência. Balero continuava imóvel, sem pestanejar, toda num preto arroxeado. O caminhoneiro terminou seu jantar, descascou uma laranja, atirando descuidadamente as cascas ao chão, e no final acendeu outro cigarro. Durante esse tempo todo, falava com sua convidada, mas com palavras guturais, que não se entendiam. A mulher preta se sacudia, em intervalos, e soltava umas palavras sem sentido. Era incrível que uma loira natural de tez branquíssima como Silvia Balero tivesse assumido esse tom escuro da noite para o dia. Chiquito, já esquecido de seu acidente, soltava grandes gargalhadas, parecia contente, sem a menor preocupação do mundo...

Até que, quando acendia seu terceiro ou quarto cigarro Brasil, de sobremesa, Delia, atrás do sofá, não pôde evitar um suspiro ou tossezinha de irritação (o ar estava se tornando irrespirável). Chiquito ouviu-a e girou seu formidável corpanzil fazendo estalar a cadeira, cujas pernas, por causa da torção violenta, se enroscaram umas nas outras. Que curioso que houvessem posto esse apelido a alguém tão fornido: Chiquito. Certamente havia sido na infância, e depois ficou. Pensar numa antífrase ou ironia seria despropositado em seu ambiente.

Delia voltou se arrastando até a porta mais próxima, e nem bem acreditou estar fora do campo de visão dele, correu. Por sorte havia saídas por todos os lados... Mas essa mesma exuberância ajudava a circularizar o labirinto, e aumentava o risco de ela cair nas mãos de seu perseguidor. Delia tinha abandonado qualquer ideia de pedir refúgio ou ajuda para voltar para casa. Pelo menos lá. Não tinha tido tempo para pensar, por causa da surpresa e do susto, mas não importava. Descobria que também se podia pensar sem tempo.

Chiquito vinha para cima dela, vociferando:

– Quem está aí, quem está aí...

"Pelo menos não me reconheceu", Delia se disse, mesmo no desespero queria preservar sua coexistência no bairro... se é que voltaria um dia.

Procurava o dormitório pelo qual havia entrado, para sair pelos biombos suspensos... Mas foi dar num lugar completamente diferente, um emaranhado metálico escuro e intrincado. Enredou-se irremediavelmente em seus meandros. Como se não fosse pouco, com a inércia que tinha, ainda se obstinava em seguir em frente, e ia pondo uma perna, depois outra, um braço, a cabeça... Era o motor do caminhão, dormente por enquanto... Mas e se entrasse em funcionamento? Esses ferros em movimento a triturariam num segundo... Sentiu algo pegajoso nas mãos: era graxa preta, tinha se sujado com ela dos pés à cabeça. Foi o cúmulo da angústia. Não podia se mexer, praticamente, nem para trás, nem para frente, estava enganchada na maquinaria por todos os lados... E os passos e gritos de Chiquito se aproximavam, retumbavam nos êmbolos mastodônticos... Estava perdida!

Nesse momento, uma grande sacudida fez tudo trepidar. Por um momento, Delia temeu que o mais horrível tivesse acontecido: que Chiquito tivesse dado a partida no motor. Mas não era isso. A agitação se multiplicou, e todo o caminhão dançava sobre suas trinta rodas. Um assovio muito alto envolvia-o e atravessava as chapas. Todos os cheiros voltaram ao seu nariz e desapareceram. Uma corrente de ar frio a tocou.

"O vento se levantou", pensou automaticamente. E que vento!

A reação de Chiquito foi surpreendente. Começou a gritar feito um louco. Como se seu pior inimigo tivesse se apresentado no pior momento.

– Você outra vez, maldito! *Ventarrón* filho de uma puta! Desta vez você não me escapa! Vou te matar!

A resposta do vento foi aumentar sua potência mil vezes. O caminhão trepidava, suas chapas chacoalhavam, todo o interior se entrechocava... e, o mais importante, parecia se inchar com o ar introduzido à pressão... inclusive as peças do motor... Delia sentiu-se livre, e, imediatamente, uma corrente a arrebatou, levou-a quicando e resvalando na graxa até um vértice no radiador, nas grades onde os assovios se refratavam feito dez orquestras sinfônicas num *tutti* ciclópico... A grade cromada voou, e Delia saltou atrás, e já estava do lado de fora, correndo como uma gazela.

Ela própria se surpreendia com sua rapidez, corria feito uma flecha. Costumava se gabar, com razão, de sua agilidade e energia – mas dentro de casa, varrendo, lavando, cozinhando, especialmente caminhando depressa pelo bairro, com passos curtinhos, quando ia fazer compras, nunca correndo. Agora fazia isso sem esforço algum, e devorava a distância. O ar assoviava em suas orelhas. "Que velocidade", se dizia, "o que pode o medo!"

Quando parou, o assovio se transformou num sussurro, mas persistia. O vento a envolvia, ainda.

– Delia... Delia... – uma voz chamou-a de muito perto.

– Hein? Quem...? O quê...? Quem está me chamando? – perguntou Delia, mas corrigiu seu tom um pouco peremptório, por medo de ofender: se sentia tão só, e seu nome tinha soado com uma doçura tão agradável. – Sim? Sou eu, Delia. Quem está me chamando? – Falava quase sorridente, com expressão intrigada e interessada, e também um pouco temerosa, porque parecia uma mágica. Não havia ninguém por perto, nem longe, e o caminhão já não estava mais à vista.

– Sou eu, Delia.

– Não, Delia sou eu.

– Quero dizer: Delia, ó Delia, sou eu quem lhe fala.

– Quem sou eu? Perdoe-me, senhor, mas não vejo ninguém.

A voz era de um homem: grave, culta, modulada com uma calma superior.

– Eu: o vento.

– Ah. É uma voz que o vento traz? Mas onde está o homem?

– Não há homem algum. Eu sou o vento.

– O vento fala?

– Você está me ouvindo.

– Sim, sim, estou ouvindo. Mas não entendo... Não sabia que o vento podia falar.

– Eu posso.

– Que vento é o senhor?

– Meu nome é Ventarrón.

O nome lhe soava conhecido.

– É familiar... Não nos cruzamos antes?

– Muitas vezes. Vamos ver se você lembra.

– O senhor lembra?

– É claro.

Tentou lembrar.

– Não foi aquela vez...?

– Sim, sim.

– E aquela outra, quando...?

– Sim! Que boa fisionomista você é!

Ele não estava brincando. Devia ser um modo de falar.

– Quantas vezes...! Agora me lembro de outras, mas poderia passar horas mencionando-as.

– Eu a escutaria sem me entediar. Seria música para mim.

– Milhões de vezes.

– Não tantas, Delia, não tantas. Além do mais, sou inconfundível.

Era realmente muito amistoso. Mas a pobre Delia não estava em condições de ser tão cortês a ponto de se interiorizar em registros proustianos, então passou a um assunto mais imediato.

– O senhor me salvou do caminhoneiro?

– Sim.

– Obrigada. Não sabe o quanto lhe sou grata.

– Eu me encarreguei de você desde que chegou aqui, Delia. Quem você acha que a salvou desses ventos brincalhões que a faziam dançar no céu, e a depositou em terra, sã e salva? Quem parou a porta do caminhão quando estava a ponto de lhe cortar a cabeça?

– Foi o senhor?

– Sim.

– Então, obrigada. Não queria tê-lo incomodado tanto.

– Foi um prazer.

– É que eu não sei como esses acidentes tiveram que acontecer comigo, como me meti nesses problemas... A única coisa que sei é que saí em busca do meu filho...

– São coisas que acontecem, Delia.

– Mas nunca tinham me acontecido antes.

– É verdade.

– E agora... Estou perdida, sozinha, sem nada... – Choramingou um pouco, acabrunhada.

– Eu estou aqui. E me encarregarei de que nada ruim lhe aconteça.

– Mas o senhor é vento! Perdoe, não sei o que estou dizendo. É que eu quero meu filho, minha casa...!

– É só me dizer, Delia. Posso lhe trazer o que você quiser. Sua casa, você disse?

– Não! – exclamou Delia, que já via sua casa voando pelos ares e caindo feito um monte de escombros aos seus pés, naquele páramo. – Não, deixe-me pensar. É sério que pode me trazer o que eu pedir?

– Para isso sou o vento.

Queria lhe pedir o contrário: que a levasse para sua casa... Mas, fora o medo que tinha de voar, considerou que não era isso o que Ventarrón tinha lhe oferecido. Começou a suspeitar. A pergunta que vinha ao caso nesse momento era: "Por que comigo?" Mas não se atreveu a fazê-la. O que tinha ouvido até agora parecia uma declaração de amor, e ela não sabia que intenções esse ser misterioso podia ter. Preferiu continuar conversando por um caminho menos comprometedor.

– Deve ser interessante ser um vento, não?

– Eu não sou um vento qualquer. Sou o mais rápido e o mais forte. Você viu o que fiz com aquele caminhão.

– Foi muito impressionante. Esse homem tinha começado a me dar medo. Sabe que ele é meu vizinho lá em Pringles?

Silêncio.

– Claro que sei.

– O que não consigo entender é como Balero podia estar lá dentro.

– Você já vai entender.

– Espero que ele não invente de me perseguir.

– Ele a perseguirá, Delia, não fará outra coisa de agora em diante.

– Sério?

– Mas não se preocupe, porque estou aqui para isso.

– Perdoe-me, senhor, mas não acho que um vento, por mais forte que seja, possa deter um caminhão.

O vento bufou com desdém.

– Ninguém pode me vencer! Ninguém! Veja como corro! – Foi até o horizonte e voltou. – Veja esta freada! – Parou subitamente, parecia um milímetro de mármore. – Veja este salto! – Fez uma pirueta prodigiosa. – Para cima! Para baixo!

A noite estava transparente, feito um dia azul-escuro. A lua olhava, impassível. Delia acreditava ver, mas não tinha certeza. Se não estivesse tão impressionada, essa exibição teria lhe parecido um pouco pueril.

Ventarrón voltou a seu lado, e aí, sim, teve certeza de vê-lo, invisível, forte e lindo, como um deus.

– O que quer, então?

Ela continuava sem saber o que pedir.

– Podia ser... algo para comer?

– É claro!

Foi-se embora e voltou num minuto, trazendo uma mesa, uma cadeira, uma toalha, pratos, talheres, guardanapo, saleiro, um bife à milanesa com batatas fritas, um copo de vinho e uma pera com creme. Tudo vinha voando, solto, as batatas fritas como um enxame de lagostas douradas, o creme batido na forma de uma nuvenzinha... Mas tudo se acomodou em ordem sobre a mesa e a cadeira foi afastada com a maior cortesia, para que ela sentasse... Nem precisou abrir o guardanapo e o pôr no colo, porque Ventarrón fez isso por ela.

– Só faltam as velas, mas eu não poderia acendê-las – ele disse. – É contra a minha natureza. De qualquer forma, a lua, que estive lustrando para que brilhe mais, será sua lâmpada.

– Muito obrigada.

Ficou assoviando a alguma distância, até que ela terminasse. Depois lhe afastou a cadeira, Delia levantou-se, e ele levou tudo.

– Quem sabe de onde ele tirou isso – disse a costureira. – E pensar que tive que jantar o que um vento ladrão me trouxe!

– Agora você deve querer dormir.

Em seguida, vieram voando do horizonte uma cama, um colchão, lençóis, uma manta, um travesseiro. Estendeu-se diante dos seus olhos em um instante, sem uma ruga.

– Bons sonhos.

– Obrigada...

A voz dele havia se tornado carinhosa, e ele próprio havia se tornado carinhoso, a envolvia, agitava seu cabelo e seu vestido, dava volta por suas pernas com sopros aveludados...

– Até amanhã, Delia.

– Até amanhã, Ventarrón.

Houve uma espécie de redemoinho de vazio, e o vento subiu ao céu estrelado. Delia ficou indecisa por um momento, junto à cama. O vinho tinha lhe dado muito sono. Os lençóis brancos de algodão convidavam-na a dormir. Olhou ao redor. Era um pouco incongruente, a cama em meio à meseta. E seu vestido estava impossível de tanta graxa. Vacilou por um momento e depois disse a si mesma, mentindo-se com a verdade: "Ninguém me vê." Tirou a roupa e seu corpo brilhou sob a lua, enquanto ela entrava debaixo dos lençóis. A noite suspirou.

Quando acordou, na manhã seguinte, pensou que estava em casa, como costuma acontecer aos viajantes... Só que para ela não foi um estado passageiro e fugaz, um pequeno intervalo de desconhecimento... A estranheza se instalou em sua mente como se fosse um mundo, e lá ficou. Em circunstâncias normais, ela estaria em sua cama, sua cama em seu quarto, seu quarto em sua casa, e sua casa em Pringles. Hoje parecia que toda essa cadeia de inclusões tinha se quebrado. O céu estava muito azul, e o sol era um ponto branco localizado no mais distante do céu. Virou para a direita e ao seu lado não estava Ramón, e lá adiante não estava a caminha de Omar com o menino dormindo nela. À esquerda não estava a cômoda com o espelho em cima... portanto, no espelho não se refletia a janela sobre a cama de Omar... Para resumir, não estava em sua casa. Não estava em nenhum lugar. Um espaço imenso rodeava-a por todos os lados. A única coisa que parecia estar em seu lugar era a hora, e nem esse amanhecer tardio tinha aspecto de hora: era melhor dizer um intervalo de eternidade. Não parecia hora de se levantar... Espreguiçou-se.

Dias de ócio na Patagônia...

Quando pôs o vestido pôde ver, agora na luz, o desastre de graxa em que estava. Seus sapatos estavam impossíveis de tanto pó, podia ter escrito neles com o dedo. O vento, tão prestativo para outras coisas, não tinha se ocupado de seu guarda-roupa, provavelmente porque ela não o havia pedido. Pensou que ele devia ser como esses criados muito trabalhadores e eficientes, mas sem iniciativa própria, aos quais era preciso dizer tudo.

– Bom-dia, Delia.

– Ah, é... Bom-dia.

– Dormiu bem?

– Perfeitamente. Eu queria...

– Um momento. Tenho que levar isto.

A cama com todas as coisas saiu voando a toda velocidade e se perdeu atrás do horizonte. "Que pressa", pensou Delia. Num instante, o vento estava de volta.

– Delia, tenho que lhe dizer algo que preferiria calar, mas é melhor que você saiba, por via das dúvidas.

– Do que se trata? Não me assuste... – Delia já pensava em desgraças, como era seu costume.

– Ontem à noite – começou Ventarrón –, saí para dar uma volta, depois que você dormiu, e vi uma luz por aí, e me aproximei para olhar. Naquele lugar existe um hotel, no alto de uma pequena montanha, e num primeiro momento acreditei que tinha se incendiado, de tanto brilho. Mas não havia fogo algum. Desci e me aproximei das janelas. Também não era uma festa. Era uma luz radioativa, que pulsava, e pulsava tanto que sacudia todo o hotel... Uma luz vermelha, horrível, e a temperatura tinha subido vários milhares de graus... Como não tinha nenhuma intenção de me transformar num vento atômico, me afastei e fiquei olhando. Aquilo ia de mal a pior. Eu mesmo comecei a ficar assustado. E olhe que sou o mais eficaz que há numa fuga. Mas sei que existem sustos a distância dos quais não vale a escapatória. E então, de repente, o hotel inteiro caiu, derretido como um floco de neve ao sol. E lá estava, livre, aceso e horrível, o Monstro... o menino que não deveria ter nascido.

Sua voz, que já era grave, tinha adquirido uma ressonância de além-túmulo, muito pessimista. Suas últimas palavras fizeram um arrepio correr pelas costas de Delia.

– Que menino...? Que monstro...?

– Existe uma lenda que diz que um dia vai nascer, num hotel termal da zona, um menino dotado de todo o poder das transformações, um ser que será a cápsula de todos os ventos do mundo, o molde do vento, e, portanto, feio de espantar... pelo menos para mim, e para você, porque o que em mim está do lado de fora, nele está do lado de dentro, impulsionando todas as deformações. Já percebe que isso que eu estava vendo me dizia respeito.

– E o que aconteceu?

– Nada. Saí correndo e aqui estou. O problema é que agora o Monstro está solto e à sua procura.

– Eu? Por que eu?

– Porque assim diz a lenda – respondeu o vento, críptico. – E é óbvio que a lenda se transformou em realidade.

– Mas de onde saiu esse monstro?

– A evolução não segue nenhum caminho.

– E o caminhoneiro também está me procurando, não?

– Do caminhoneiro cuido eu, ele não será problema.

– E do Monstro?

Silêncio.

– Isso já é outra coisa – disse Ventarrón.

Delia baixou a cabeça, constrangida.

– Mudando de assunto – disse o vento –, ontem à noite vi outra coisa, que me pareceu encantadora: um grande vestido de noiva, dobrando-se e desdobrando-se a dez mil metros de altura, navegando para o sul...

– Um vestido de noiva? De plumetis* de náilon, fitas bordadas, seda...?

– Sim, mulher! Que sei eu de panos! Por que me pergunta?

– Porque é meu. Eu o perdi ontem, ou anteontem...

– Como assim, seu? Você não é casada? Não me disse que tinha um filho?

– Não. Quero dizer: eu o estava costurando para uma moça que justamente...

– Não me diga que você é costureira?

– Sim.

O vento quase caiu de costas. Demorou a se recompor.

* Tipo de bordado feito sob o tecido de modo a lhe dar relevo. (N. da T.)

– Então você é a costureira? A esposa de Ramón Siffoni?

– Sim. Achava que soubesse.

– Agora começo a entender. Tudo começa a fazer sentido. A costureira... e o vento.

– Nós dois.

– Nós dois...

O vento estava apaixonado. Tinha estado apaixonado desde toda a eternidade, pelo menos de sua eternidade de vento. E agora que a história começava a se revelar diante dele, de repente a achava real demais, estridente, paradoxalmente imprevisível...

– Senhor... – Delia interrompeu sua meditação.

– Sim.

– O senhor me disse que podia trazer o que eu pedisse.

– ...

– Não me traria o vestido?

– Para que o deseja?

Sim, pensando bem, para quê? Não lhe parecia que Balero, que agora estava toda preta e em poder desse caminhoneiro selvagem, fosse precisar dele. Mas nunca se sabia; de qualquer forma, podia cobrar pela mão de obra e entregá-lo à mãe; já estava praticamente pronto. Além do mais, era razoável pedir isso, já que era seu trabalho.

– O tecido foi a cliente que me deu – disse – e vai cobrá-lo de mim.

– Concordo, mas me dê tempo. Quem sabe onde estará a estas horas.

– Uma coisinha mais, se não for muito incômodo. Eu trouxe uma bolsa de costura, e a perdi, as coisas se espalharam, com certeza... Não poderia juntá-las e trazê-las para mim?

– Não se preocupe, sou muito bom em encontrar agulhas perdidas na Patagônia.

– O que não sei é o que posso fazer enquanto isso.

– Eu nunca fico entediado – disse o vento.

– Eu também não, quando estou na minha casa. Mas aqui... – voltou a choramingar.

– Já lhe disse que podia trazer a sua casa com tudo o que tem dentro.

– Não, não... Não quero!

Não podia imaginar uma ideia mais deprimente do que sua casa instalada ali no meio do deserto; para ela a casa também era a rua, os vizinhos, o bairro. Que lhe oferecessem só a casa era como se quisessem lhe pagar com uma moeda inconcebível, que tivesse só um lado.

– Estaríamos muito cômodos, Delia, você aqui em sua casa, limpando, fazendo a comida, costurando... Eu lhe faria companhia, traria tudo o que você quisesse... viveríamos felizes, a salvo...

Delia estava em pânico. As intenções de Ventarrón se tornavam claras e a enchiam de pavor. Seria possível que um fenômeno meteorológico tivesse se apaixonado por ela? Além do mais, era contraditório: como iriam estar a salvo com um caminhoneiro louco, e ainda por cima um monstro, procurando-a para destruí-la? Não era uma perspectiva muito tranquilizadora. E havia também seu marido e seu filho. Não queria falar sobre isso com o vento, mas foi ele quem tocou no assunto:

– Você gostaria que o seu marido viesse buscá-la?

– ...

– Não poderá fazer isso, Delia. Ele tentou, mas seu vício interveio (já sabe a que me refiro), e perdeu o caminhão.

– Sério?

– E não poderá recuperá-lo. Esse caminhão vermelho, ao qual você estava tão acostumada, tornou-se invisível e ninguém voltará a dirigi-lo, nunca mais. Ramón Siffoni ficou a pé para sempre.

"Nunca voltarei a Pringles!", pensou Delia, desesperada. Odiou o vento por seu sadismo.

– Tenho que lhe fazer uma pergunta, Delia. Está apaixonada por seu marido? Você se casou por amor?

– E por que me casaria, se não estivesse?

– Para não ficar solteirona.

Não se dignou a responder. Talvez não o pudesse ter feito porque tinha um nó na garganta.

– Você o ama?

– Sim.

– Mas nunca lhe disse.

– Não é necessário, no casamento.

– Que pouco romântica você é! – Fez uma pausa. – E quer dizer isso a ele?

Num arroubo, Delia esqueceu toda a prudência.

– Quem me dera que ele estivesse aqui para lhe dizer isso! Quem me dera!

– Não é necessário que esteja aqui. Eu poderia levar suas palavras ao outro lado do mundo se fosse preciso. – Outra pausa. O vento esperava. – Diga-lhe. Atreva-se, e diga.

Delia levantou a cabeça e olhou para o horizonte lá no fim da meseta. Tudo parecia muito pequeno e ainda assim ela sabia que era muito grande. Sua voz poderia ir mais além? Sua voz estava no coração do marido... Que grande era o mundo! E que longe ela estava! Onde tinha vindo parar! Nunca voltaria a Pringles! Nunca!

– Ramón... – ela disse, e o vento rugiu e se foi.

Estou sentado num café da Place Clichy... A esta altura continuo aqui contra a minha vontade. Devia ter ido embora há algum tempo, tenho um compromisso... Mas não consigo chamar o garçom, simplesmente não consigo, é mais forte do que eu, e os minutos passam. Conferi várias vezes a conta, e o meu bolso, e contei as moedas de frente para trás e de trás para frente e não são suficientes por pouco, tenho seis francos e noventa e o café custa sete, parece de propósito... É por isso que preciso que o garçom venha, ele vai ter que me dar troco para cinquenta francos, não tenho menos... Se tivesse o suficiente em moedas, as deixaria sobre a mesa, livre como um pássaro, poria meus ovinhos metálicos e sairia voando. É tanta a minha impaciência que se tivesse uma nota de dez a deixaria... Mas não tenho. Fico reduzido a esperar que me olhe para fazer-lhe um gesto, chamá-lo com a mão... e aqui é como em todo o mundo: os garçons nunca olham. Tenho o olhar fixo nele, a cada volta que dá eu esboço meu gesto... já o devem ter percebido todos os fregueses, e os outros garçons, é claro, todos menos ele. Vamos ver agora... Vem vindo para cá... Não, falhei outra vez, devo ter um ar suplicante, estou pregado na minha cadeira... Movimento-a, raspo suas pernas contra o chão para que ele decida me olhar... Sei que ir atrás dele seria inútil, além de grotesco, ele se escapuliria... aí sim, eu me tornaria o homem invisível, o fantasma da Place Clichy. Não me resta mais que esperar a próxima oportunidade, esperar que venha até aqui, que a mesa ao lado se ocupe e que me veja... E eu quero ir embora, tenho que ir embora, isso é o pior... Estive duas horas escrevendo nesta mesa (ele deve pensar que, se fiquei duas horas, posso ficar três, ou cinco, ou até que fechem), e no entusiasmo da inspiração, que agora amaldiçoo, continuei e continuei até terminar o capítulo anterior... e, quando olhei o relógio, quis morrer... Já deveria estar nesse jantar, estão me esperando, e eu pregado aqui... Tenho vinte minutos de metrô pelo menos, e os minutos passam e eu continuo procurando o olhar do garçom... Não sei como posso estar escrevendo isto se não tiro os olhos de sua cabeça... Faço furos no caderno cada vez que ponho reticências. Isto começa a parecer definitivo: não vai me olhar nunca, nunca. Faz dez minutos que estou tentando? Quinze? Já não quero ver o relógio. Olho para ele como se fosse uma mania... A lei das probabilidades deveria estar a meu favor, em algum momento ele deveria me olhar, já que não pode evitar olhar para alguma coisa... E pensar que teria sido tão fácil fazê-lo vir nem bem vi a hora: era só chamá-lo em voz alta. Tanta gente faz isso... Mas eu não consigo. Nunca na minha vida chamei um garçom a não ser com mímica (e escrevi todas as minhas novelas em cafés), nunca o fiz, nunca o farei, nunca... E então se levanta dentro de mim uma ardente recriminação contra meu Criador, muda, é claro, interior, mas a pronuncio e ouço com a maior claridade:

– Senhor, para que me deu a voz, se não me serve de nada? Não deveria haver me dado, com ela, a capacidade de usá-la? O que lhe custava? Não lhe parece sarcasmo, quase um sadismo, fazer-me dono, como todos os homens, desse instrumento maravilhoso que atravessa o ar como um mensageiro do corpo imóvel e é o corpo sob outra forma, o corpo voador... e o enrolar em mim, num feitiço de interioridade? É como se tivesse um cadáver dentro de mim, ou pelo menos um inválido, um hóspede que não quer ir embora... Suponho que, recém-nascido, eu também podia gritar para chamar minha mãe... mas e depois? Minha voz se atrofiou em minha garganta, e quando falo, coisa que só faço quando me dirigem a palavra, como os fantasmas, o que sai é um gaguejar fanhoso e afetado, quase nem mesmo adequado para transportar, à distância muito curta, minhas dúvidas e ignorâncias... Se ao menos me tivesse feito mudo, estaria mais tranquilo! Então poderia gritar, e gritaria o tempo inteiro, o céu se encheria com meus uivos de mudo! Dirá que abusei da leitura de Leibniz, Senhor, mas, não lhe parece que, dadas estas circunstâncias, deveria mover a cabeça do garçom de modo que ele me veja?

Delia, realidade minha... Agora, falando com você, em meu silêncio, sua história não parece a minha? É a mesma, coincide em cada uma de suas voltas furta-cor... O que em mim é incidente minúsculo, em você se faz destino, aventura... E não é uma analogia, mas uma nova disposição do mesmo. Não importa o volume da voz, mas o lugar da história em que se fala; a história tem cantos e dobras, cercanias e distâncias... Uma palavra a tempo pode tudo... E sobretudo (mas é o mesmo) importa o que se diz, o sentido; na disposição da história há uma ponte de prata, um contínuo, da voz ao sentido, do corpo à alma, e por esse contínuo avança a história, por essa ponte...

Tinha parado no desprendimento da voz, justamente... O vento se foi com as palavras de amor montadas em seu lombo, e atravessou grandíssimas distâncias em todas as direções. Ele se sacudia, se retorcia, para as tirar de cima de si, mas conseguia apenas virá-las, apontá-las para outro lado, enfiá-las nos interstícios da Patagônia. O vento também tinha muito o que aprender. Em sua vida, havia só uma restrição à liberdade total: a Força de Coriolis, que não é outra coisa que a força da gravidade aplicada à sua massa. É o que mantém todos os ventos colados ao planeta. A voz, por sua vez, tem a peculiaridade de levar em seu desprendimento o peso do corpo de que saiu; como esse peso é a realidade do erótico, os amantes acreditam poder abraçar as palavras de amor, acreditam poder fazer com elas um contínuo de amor que dura para sempre.

O contínuo, sob outro nome: a confissão. Se eu fizesse literatura confessional, me dedicaria a procurar o indizível. Mas não sei se o encontraria; não sei se isso existe na minha vida. Como o amor, o indizível é o que está num lugar de uma história. Guardadas as proporções, é como Deus. Pode-se pôr Deus em dois lugares diferentes do discurso: no final, como faz Leibniz quando diz "e a isto é o que chamamos Deus", quer dizer, quando se chega a ele depois da dedução do mundo; ou no princípio: "Deus criou..." Não são teologias diferentes, são as mesmas, mas expostas do avesso. O tipo de discurso que põe Deus no princípio é o modelo e mãe do que chamamos "ficção". Não devo esquecer que antes da minha viagem me propus a escrever uma novela. "O vento disse..." não é tão absurdo; não é mais do que um método como qualquer outro. É um começo. Mas é sempre começo, começo a todo momento, do princípio ao fim.

Palavras de amor... Palavras viajantes, palavras que se pousam para sempre na balança de um coração de homem. Na história anterior de Delia e Ramón havia um enigma pequeno e secreto (mas a vida está cheia de enigmas, dos que não se resolvem nunca). Tinham consumado o matrimônio algum tempo depois de casados, aparentemente por vontade ou falta de vontade dele, embora isso nunca tenha se explicado. Quero dizer, ficou um intervalo em branco entre a cerimônia de casamento e a consumação. Se alguém além dos dois soubesse disso, não teria valido a pena perguntar o porquê a Delia, como não valia a pena Delia se perguntar a si mesma, porque não saberia o que responder. A isso me referia, em boa parte, ao falar sobre o esquecimento, a lembrança et cetera: essas coisas que parecem um segredo que alguém guarda, mas que ninguém guarda.

Algo parecido acontecia com a maledicência das vizinhas, esse passatempo apaixonado de que Delia era uma especialista. Se eu entrasse na consciência de Delia, como um narrador onisciente poderia fazer, descobriria com surpresa e talvez certo desencanto que a maledicência não existe no foro íntimo. Mas era ela mesma quem se surpreendia! E descobria sua surpresa quando era sua própria narradora onisciente...

Ramón, enquanto isso... quer dizer, no dia anterior: não esqueçamos que Delia tinha perdido um dia... andava perdido pela meseta hiperplana, desorientado e de mau humor. Não era para menos. Estava a pé, num deserto sem fim... Para um pringlense daquele tempo, ficar a pé era grave; a cidade era um ovo, mas por algum motivo, talvez por ser tão pequena, justamente, andar a pé não dava resultados. Todo mundo andava motorizado, os pobres nuns veículos antiquíssimos, dos que andam por milagre, mas davam um jeito de ir e vir neles o tempo todo, e, se não, nem iam nem vinham. Minha avó dizia: "até à latrina vão de carro." Nesses deslocamentos que lhes pareciam agradavelmente mecânicos, acreditavam vencer o tempo e o espaço. Ramón ia mais longe que outros nesse sistema subjetivo, por ser jogador. Em seu caso, tinha mais importância, era mais emocionante; cada mudança de lugar tinha sua importância. Não era o único a passear por essas ilusões, é claro; não era o único jogador compulsivo em Pringles, nem muito menos; havia toda uma constelação desse tipo de gente, uma hierarquia de iguais. Segundo uma piada conhecida, eles eram os que continuavam jogando mesmo quando abandonavam a mesa de pano verde ao amanhecer; o sol saía para que continuassem jogando sem saber; na verdade, o que acontecia é que eles levavam a disposição consigo a todos os lugares aonde iam, em seus carros ou camionetes, inclusive fora da cidade, aos campos que a rodeavam. O jogo em si era uma disposição, um acordo entre valores que se diziam seus segredos a distância, cada um em seu ponto do céu negro da noite do jogador, de modo que não poderiam senão levar a disposição consigo a todos os lugares. Entre eles, circular a toda a velocidade era quase uma simultaneidade exaltadora de números e figuras, era um modo de viver.

O combate entre Ramón Siffoni e Chiquito tinha crescido com o tempo, como crescem as coisas nas cidades pequenas. Tinha começado em algum momento e quase abarcava um desses universos particulares, de imediato e por inteiro... Ramón tinha acreditado, não sem ingenuidade, que conseguiria manter o combate num nível estável, até que ele se decidisse... sobre o quê? Era impossível saber. Até que se decidisse sobre ver de frente a ilusão, que é, por definição, o que sempre dá as costas.

E agora, sem veículo, caminhando por onde não existiam caminhos nem maneira de encontrá-los, ele sentia que o momento havia chegado. Todos os momentos chegam, e este também chegou. Chiquito tinha se apropriado de tudo... De quê? De sua esposa? Ele nunca apostaria Delia nas cartas, não era um monstro, e tinha outras coisas para apostar antes, muitas, quase infinitas... Mas houve um momento, esse momento, quando chegou... em que Ramón percebeu que a aposta poderia ter sido feita de qualquer maneira, sem que ele a soubesse; havia acontecido outras vezes. Tinha previsto que isso aconteceria... e agora não sabia se tinha acontecido ou não.

Caminhou toda a manhã, sem rumo, tentando se manter em linhas retas, para atravessar mais terreno e principalmente para não voltar ao hotel de onde havia fugido. E, embora não exista nada no deserto, encontrou algumas coisas surpreendentes. A primeira foram os restos de um Chrysler preto, acidentado, atirados por lá. Rondou-o por alguns momentos. Não havia cadáveres dentro dele, e não parecia que alguém tivesse morrido no choque: pelo menos não se via sangue, e todo o espaço do assento dianteiro tinha ficado mais ou menos intacto, em forma de cesta. Era um táxi: tinha o relógio com a bandeirinha. E a placa era de Pringles. De fato, parecia-se sobrenaturalmente com o Chrysler de seu amigo Zaralegui, o taxista. Ramón entendia bastante de mecânica, era uma de suas habilidades de ocioso; mas estava fora de questão voltar a fazer funcionar aquela ruína, porque a carroceria tinha se retorcido de tal modo que já não havia nem dianteira nem traseira. Calculou que a colisão havia se dado a uma velocidade formidável, de outra forma não se poderia explicar o achatamento. Que um carro tão velho pudesse alcançar essa velocidade era mérito do motor, um desses motores antigos, sólidos, perfeitos, tanto que havia ficado quase intacto; se alguém quisesse recuperar esse ferro-velho, a parte utilizável seria o motor, justamente.

Anotou as coordenadas mentalmente; não sabia por quê (nem mesmo poderia se refugiar ali em caso de chuva, porque a capota tinha ficado sob os pneus rebentados), mas ao menos era alguma coisa, um descobrimento, algo a que poderia voltar. Seguiu em frente.

O segundo encontro foi com algo semienterrado. Parecia uma cômoda bombê, mas, uma vez que a examinou de perto, viu que era a carcaça magnífica de um tatu gigante da era paleozoica. O que aparecia era apenas um fragmento, mas ele descobriu que a terra que o aprisionava era fragilíssima, estava cristalizada e se quebrava e dispersava com um sopro. Com uma costela solta, cavou por pura curiosidade até deixar a descoberto a carapaça inteira; media oito metros de comprimento, cinco de largura e três de altura, no centro. Em vida isso teria sido um tatu mais ou menos do tamanho de um filhote de baleia. A carapaça estava perfeita, sem um buraco, e podia-se dizer que era de um nácar marrom, trabalhada até o último milímetro com arabescos, nós, bordas... Quando ele batia nela, fazia um barulhinho seco, como de madeira. Não só estava intacta a parte convexa superior, como também a inferior, plana, de uma membrana grossa e branca. Quando foi acomodar essa enorme estrutura num canto da escavação, Ramón surpreendeu-se ao ver como era leve. Entrou nela. Isto sim poderia servir como abrigo; era amplo e livre. Podia ficar de pé dentro dela e caminhar... Se tivesse sofás e uma mesa de café, seria uma acolhedora salinha. Limpou-a, atirou os restos de ossos pelas aberturas (havia seis: uma na frente e uma atrás, para a cabeça e o rabo, e quatro abaixo, para as patas), e ficou lá dentro admirando esse prodígio de antiguidade. O nácar da carapaça não era de todo opaco, deixava passar uma luz muito quente, muito dourada. Lembrou que esse tipo de animal tinha um rabo também encouraçado, e o surpreendeu que não houvesse nada dependurado na abertura posterior. Talvez tivesse se desprendido... Saiu e procurou ao redor. Teve que cavar um pouco mais, mas o encontrou: era uma espécie de chifre, do mesmo material, um cone alongado de uns seis ou sete metros, curvado e que terminava numa ponta muito fina. Também estava vazio, e, como era tão leve, conseguiu erguê-lo, a ponta para cima, e esvaziá-lo de terra e pedrinhas.

Tinha trabalhado durante horas, e se cobrira de suor. Voltou a entrar e se estendeu na membrana, como num tapete branco da pré-história, para descansar e pensar. Teve uma ideia que parecia uma loucura, mas talvez não fosse. Se usasse esse fóssil como carroceria... e pusesse nela o motor do Chrysler e os pneus... Dormiu num sonho mecânico... Mas como trazer até ali o motor e as demais partes do carro de que necessitava? Não era necessário trazê-lo, podia ir até lá com a carapaça... Saiu para testar. Podia movê-la, realmente, mas muito devagar, com muita dificuldade, e levaria dias para percorrer os dois ou três quilômetros que o separavam do carro. Era um pouco como o jogo: às vezes você tem tudo o que é necessário para uma mão vitoriosa, mas não tem tudo junto... Teve outra ideia (o que não é tão admirável: em geral, quando uma ideia ocorre a alguém, outra lhe ocorre depois, e tanto é assim que já cheguei a pensar se uma ideia não me ocorria com a única finalidade de provocar a ocorrência de outra). Saiu caminhando em direção ao Chrysler. Faltava encontrá-lo novamente, é claro, mas confiava em poder fazê-lo, e assim foi. Tinha pensado em tirar as câmaras das rodas, e os eixos, e fabricar uma espécie de carrinho de mão para transportar o motor até a carapaça. Mas não foi tão fácil. A falta de ferramentas contribuía para isso, embora ele tivesse encontrado uma providencial chave de fenda no porta-luvas achatado do táxi. Por fim, desprendeu as quatro câmaras (o círculo não tinha se deformado em nenhuma das quatro); fazer essa espécie de carrinho de mão que havia pensado era um delírio. Mais prático seria proceder ao contrário. Fez quatro viagens até a escavação, levando cada uma das rodas, mais uma viagem para levar os eixos, e com a ajuda da providencial chave de fenda conseguiu colocá-las, de modo precário, debaixo do tatu. Empurrou-o, e foi muito fácil avançar. Pôs o rabo para dentro, porque poderia ser útil; pensou que poderia ter que colocá-lo de volta em seu lugar para que funcionasse como um timão, que é a função que tem no animal vivo.

Não levou muito tempo para realizar sua vontade. Primeiro, desarmou todo o ferro-velho, parafuso por parafuso. Fez uma bricolagem brilhante; colocou o motor na frente, preso por grampos; o tanque de gasolina, ventilador et cetera. As polias, os eixos, as rodas nas quatro aberturas das patas... Pronto. É mais fácil contar do que fazer, mas nesse caso foi facílimo. O passo seguinte era colocá-lo em movimento e testá-lo. Fez isso. O aparelho andava, lentamente a princípio, depois mais rápido.

Caiu a noite e ele continuava viajando, viajando, com o chifre na frente... Pois havia posto o cone-rabo do tatu como tromba em seu veículo, tinha-o aparafusado, por assim dizer, à abertura dianteira. Ficava bem, parecia-lhe; fizera-o só por estética, não por aerodinâmica. O que mais gostava era que isto mudava totalmente a aparência dos restos: com essa espécie de chifre na frente, já não parecia um tatu. Isso o fez pensar em como era fácil mudar o aspecto de alguma coisa, o que parece mais inerente ao seu ser, o mais eterno... transformava-se por completo mediante um trâmite tão simples como trocar o rabo de lugar. Quantas coisas que parecem diferentes, pensou, são em realidade as mesmas, com algum pequeno detalhe trocado!

Era impressionante o barulho que fazia. O ronco do motor ressoava no grande óvalo oco e se tornava um trovão.

Como não havia dormido na noite anterior, estava caindo de sono. Estacionou, então, em qualquer lugar (qualquer um dava no mesmo) e deitou na membrana atrás do assento. Sobrava espaço. Adormeceu imediatamente. Quase ao amanhecer, uma sacudida brusca o despertou. O círculo da lua, que se punha, havia se calçado justamente na abertura do rabo, que era a única entrada ou saída do veículo. Mal conseguia pensar se havia estado sonhando, quando uma segunda sacudida, mais prolongada, balançou-o novamente. E continuou fazendo isso enquanto ele se levantava, entorpecido e ainda cheio de sono. A carapaça bamboleava tanto que Ramón caiu três vezes antes de poder se agarrar ao encosto do assento. Quando sentou, olhou pela meia-lua que havia deixado livre na parte superior do buraco dianteiro, sobre o volante, que tinha a função de para-brisa sem vidro. A meseta estava penumbrosa e tranquila, os pastos não se moviam. Mas o trambolho continuava vibrando, agora um pouco menos, e nem bem pôde se orientar notou que as batidas e arranhões vinham de cima, da cúpula da maravilhosa carapaça nacarada. Era evidente que algum animal tinha subido; não precisava ser muito grande para provocar essas sacudidas, porque a estrutura era leve, mas de qualquer modo podia ser perigoso. Decidiu averiguar usando o espelhinho retrovisor do Chrysler, que havia tido a precaução de trazer. Empunhou-o e enfiou a mão pela meia-lua, apontando-o para trás. O que viu lhe gelou o sangue de susto.

Era o Monstro. Ramón nunca tinha visto nada tão feio, mas ninguém tinha visto nada tão feio. Era um menino monstro. Em cima da capota... como Omar, que estava sempre em cima do caminhão de Chiquito... As crianças gostavam disso.

Era arrepiante a forma que o Monstro tinha... Mais que uma forma, tratava-se de uma acumulação de formas, ao mesmo tempo fluidas e fixas, e vice-versa... Isso não tinha explicação. O Monstro havia visto (porque tinha olhos, ou um olho, ou seria isso um olho) o espelhinho saindo da ranhura, brilhante por causa da lua, para que apontava, e se estendeu até ele...

Ramón puxou para dentro a sua mão, que havia começado a tremer, girou a ignição, apertou o acelerador... O veículo se jogou para frente, o Monstro aos tombos em cima dele.

Omar... o jogo... o menino monstro... o menino perdido... Tudo aos tombos em sua mente, como essa criatura na capota do paleomóvel... Via Omar duplicado em seu amigo inseparável César Aira... Torcia para que os Aira tivessem hospedado e dado de comer e de beber a Omar naquela noite e na anterior; no fundo, isso não tinha importância... Mas que paradoxal, afinal, que o menino perdido estivesse em sua casa e os pais dando voltas no deserto, a centenas de léguas de distância... Isso não o tornava menos "menino perdido", como no conto dos ursos: entrava numa casa vazia, perguntava-se quem viveria ali, com uma sensação de iminência... a qualquer momento podiam chegar os donos... Dava no mesmo que fosse sua casa, que tivesse vivido ali toda a vida... Era um detalhe sem peso decisivo no sentido da história...

Éramos umas crianças sadias, normais, bastante lindas, bons alunos... Adorávamos nossas mães e venerávámos nossos pais, e tínhamos um pouco de medo deles também; eram tão rígidos, tão perfeccionistas... Acho que éramos a quintessência da normalidade pequeno-burguesa. E, ainda assim, sem saber, tudo se apoiava no medo, como a rocha flutua sobre a crista de lava no final de *Viagem ao centro da Terra*; o medo, podia-se dizer, a lava, era a biologia, o plasma. Para simplificar, de forma sucessiva, primeiro vinha o medo que as grávidas tinham (quer dizer, começava antes que nós mesmos começássemos) de parir um monstro. A realidade, indiferente e aristocrática, seguia o seu curso. Então, o medo se transformava... Tudo é uma questão de transformação de medos: isso retorna à sociedade lábil, mutável, os mundos mudam, os diferentes mundos sucessivos que, somados, são a vida. Um dos avatares do medo é que a criança se perca, desapareça... Às vezes o medo se transfere da mãe para o pai; às vezes não; a criança registra essas oscilações e se transforma, como consequência. Que os pais desapareçam, que o vento se apaixone por mamãe, que um monstro os persiga, que um caminhoneiro não se perca nunca porque viaja com a casa nas costas, como Raymond Roussel etc. etc. etc., tudo isso, e muito mais que ainda há por ver, é parte da literatura.

Agora me lembro de uma guloseima que nós, crianças, adorávamos em Pringles, naquela época, uma espécie de antecedente do chiclete. Era muito regional, não sei quem o terá inventado nem em que época desapareceu, só sei que hoje não existe. Era uma bolinha envolta em papel-manteiga, acompanhada de um palito solto, tudo muito caseiro. Era preciso mastigá-la até que ficasse esponjosa, e crescia muito em volume; sabíamos que estava pronta quando já não nos cabia na boca. Quando a retirávamos, havia se transformado numa massa levíssima que tinha a propriedade de mudar de forma modelada pelo vento, ao que a expúnhamos depois de fincá-la na ponta do palito. Por isso é que devia ser um doce regional: os ventos de Pringles são facadas. Era como ter uma nuvem portátil, vê-la mudar e sugerir todo o tipo de coisas... Era saudável e divertido... O vento, que nos deixava iguais (limitava-se a nos despentear), transfigurava a massa sem cessar... e não valia a pena se apaixonar por uma forma porque já era outra, e outra... até que de repente se solidificava, ou cristalizava, em qualquer das formas que tinham nos encantado durante longos minutos, e a comíamos feito um pirulito.

Creio haver dito antes que, quando nevava à noite, Chiquito me deixava um boneco de neve de presente na porta da minha casa, para que o visse quando fosse à escola, ao amanhecer. Para mim, e também Omar, que conhecíamos sua vida secreta, Chiquito era um herói, com seu caminhão grande como uma cordilheira e suas viagens por toda a maravilhosa Argentina... Os vizinhos elogiavam seu coração, seu gesto um pouco infantil – fazendo mais jus a seu nome que a seu físico hercúleo – de modelar um boneco de neve a essas horas impossíveis a que partia, só para me dar uma surpresa fugaz, um prazer. Às vezes, nessas ocasiões, quando eu saía, o vento já havia soprado e meu boneco me recebia com oito braços, ou corcunda, ou mais frequentemente com uma torção picassiana, o nariz na nuca, o umbigo nas costas, os dois ombros do mesmo lado... Quando eu voltava, ao meio-dia, já não restava nada: tinha se derretido.

Mas houve um boneco, dois ou três invernos antes do verão em que a ação desta novela ocorre, que não se derreteu. Quando saí, tive um sobressalto. Ninguém tinha me dito que havia nevado. Ainda estava escuro, mas se enxergava bem; diante de mim havia um boneco de um metro e meio de altura que, originalmente, uma hora ou duas antes, quando Chiquito o havia feito, antes de sair, tinha sido um desses simpáticos anões rechonchudos que os bonecos de neve sempre são. Mas, nesse intervalo, a nevada havia acabado, o vento tinha começado a soprar e o boneco se modificara pelos quatro cantos. Isso não me assustava, pelo contrário, me divertia tanto que até soltei uma gargalhada... Também não me preocupava que dentro de algumas horas o boneco se derretesse... Mas a ele, sim, preocupava-o.

– Quando o sol sair – me disse –, e não falta muito, virarei água e a terra vai me tragar.

– Quando alguém faz algo errado, costuma dizer "que a terra me trague" – eu lhe disse. Eu era muito pedante e sabichão quando pequeno.

– Mas eu não digo isso! Não quero morrer.

Fiquei calado. Não podia ajudá-lo. Então, para a minha surpresa, o vento falou:

– Posso dar um jeito nisso.

O boneco:

– Como?

– Você vai ter que aceitar os termos que eu lhe impuser.

– E não vou morrer?

– Nunca.

– Então eu aceito, seja lá o que for!

Daí eu me intrometi, não aceitava ficar de fora de conversa alguma:

– Tenha cuidado, isso parece uma dessas compras de alma que o diabo costuma fazer, por exemplo, em... – me propunha a contar-lhes, com riqueza de detalhes, o argumento de *O homem que vendeu a sombra*, que já havia lido (com 8 anos! que insuportável eu devo ter sido!). Mas o boneco me interrompeu:

– Eu não tenho alma, ranhento! – E disse ao vento: Quais são as condições?

– Uma só: que você me deixe levá-lo à Patagônia, onde o sol não derrete a neve, e que se deixe moldar sempre, a cada instante, por nós, os ventos. Você viverá para sempre, mas nunca terá a mesma forma duas vezes.

– Que barbada! Se você já mudou minha forma...

– Mas, olhe, lá sopramos mil vezes mais forte que aqui.

– Não exagere. E, de qualquer modo, tanto faz. Trato feito, vamos.

Não tive nada a dizer (não teriam prestado atenção, de qualquer forma) porque o negócio me parecia bastante razoável... Mas não parecia razoável sempre, nesses casos? Não era o estratagema supremo do diabo? Só que, neste caso, tratando-se de um boneco de neve, sim, parecia razoável, sério, sem uma armadilha escondida. E mesmo assim...

Vi como o vento levantava o boneco num upa! redemoinhado, e o levava pelo ar cinza do amanhecer.

Nunca soube o que fiz nessa tarde perdida...

No perdido, tudo se reúne. É uma devoração. Alguém pode perder o guarda-chuva, um papel, um diamante, uma bolinha de lã do casaco... Tudo se metaboliza. Perder é deixar as coisas esquecidas nos cafés. O esquecimento é como uma grande alquimia sem segredos, límpida, transforma tudo em presente. Torna nossa vida, por fim, esta coisa visível e tangível que temos nas mãos, já sem as dobras ocultas do passado. Eu busco o esquecimento numa loucura de arte. Persigo-o como o pagamento merecido pelo meu tédio e minhas nostalgias... Para que trabalhar? Preferia já ter terminado. Mais um esforço... Gostaria que todos os elementos dispersos da fábula se reunissem, finalmente, num instante soberano. Só que, talvez, não seja preciso trabalhar para obter isso, e, nesse caso, meus esforços seriam em vão. Ou, pelo menos... deveria tê-lo pensado melhor... Em vez de me pôr a escrever... sobre a Costureira e o Vento... com essa ideia de aventura, do que é sucessivo... não digo renunciar a esse sucessivo que faz a aventura... mas imaginar, de antemão, tudo o que acontece nesse sucessivo, até ter a novela inteira na minha cabeça, e só então... ou nem mesmo então... Todo o projeto como um ponto, o Aleph, a mônada completamente aberta, mas como um ponto, como instante... Minha vida posta no presente, com tudo o que nela aconteceu, que não foi tanto, não foi quase nada. Perder tempo nos cafés. Nunca soube o que fiz naquela tarde perdida...

Enfim. Já que estou aqui, terminemos.

Havia deixado Delia no crepúsculo, perdida e esperando. O vento voltou com uma coisinha perfeitamente cinza.

– Não encontrei o vestido nem a bolsa. Sinto muito. De qualquer modo, não sei para que você os queria.

– E isto?

– Isto é tudo o que encontrei. É seu?

– Sim... Era meu...

Era um dedal de prata, um suvenir precioso, em seu pequeno oco Delia pensava caber toda sua vida, desde que havia nascido. E agora que sua vida parecia terminar, ou se lançar num abismo insensato, ela via que não tinha valido a pena vivê-la em Pringles.

– Não é um dedal comum – disse o vento. – Transmutei-o no Dedal Patagônico. Dele você poderá tirar tudo o que quiser, tudo o que o seu desejo mandar, não importa o tamanho que tenha. Você só precisa esfregá-lo até que brilhe, cada vez que for pedir alguma coisa, e disso eu me ocuparei, porque sou muito bom em esfregar.

Delia se dispunha a responder ao vento, porque havia encontrado enfim uma boa resposta, mas ouviu um ruído distante, e levantou o olhar.

Vinha gente dos quatro cantos. Miniaturas. O longe tinha se feito pequeno. A função dos lugares realmente grandes, e a Patagônia é o maior de todos, é permitir que as coisas se tornem deveras pequenas. Eram brinquedos. Quatro, e vinham dos quatro pontos cardeais, numa cruz perfeita cujo centro era ela. O caminhão de Chiquito, o Paleomóvil, o Monstro e o Boneco de Neve de braços dados com o Vestido de Noiva vazio. Estes últimos vinham a passinhos medidos, como noivos caminhando até o altar. Mas a velocidade era a mesma para os quatro, e ficava evidente que iam colidir no ponto onde Delia estava. Experimentou dar um passo para o lado, e os quatro ângulos retos com ela se transladaram. O encontro seria simultâneo. (Nunca teria me ocorrido uma imagem tão apropriada do instante da catástrofe.) Não sabia o que fazer. Fechou os olhos.

Mas até o que é simultâneo tem uma hierarquia interior: é uma lei do pensamento. Neste caso, o principal, o irremediável, era que o Monstro a encontrara. Diante desse fato não valia a pena fechar os olhos, então ela o olhou.

Era realmente horrível. Como um quadro abstrato, de Kandinsky. E gritava:

– Vou te matar! Vagabunda! Desgraçada!

– Não! Não!

– Sim! Vou te matar!

– Aaaah!

– Aaaaaaah!

Delia caiu de joelhos. Ela levantou o olhar pela segunda vez. O Monstro vinha em sua direção. Se no transcurso desta aventura já se havia dado motivos de susto, este superou todos e os ultrapassou. Saiu correndo... Mas não havia para onde ir. Estava na Patagônia, no ilimitado, e não tinha para onde ir: não foi o menor dos paradoxos do momento.

– Não me mate! – gritou.

– Cale a boca, puta!

– Não sou isso que está dizendo! Sou costureira!

– Cale a boca. Não me faça rir. Grrragh!

Tinha crescido muito. Uns poucos metros os separavam... Então, o vento interveio, como última defesa. Soprou furiosamente, mas o Monstro riu mais alto. Que pouco o vento podia fazer contra uma transformação! O vento é vento, e nada mais. Como podia ter se apaixonado por Delia? Como é que ela podia ter acreditado nisso? Não pode ser tão inocente. O cavalheiro *don* Ventarrón, o paladino... Soprava loucamente tentando frear o Monstro, mas não era mais do que ar...

O instante também tem sua eternidade. Deixemos Delia nela, enquanto me ocupo dos outros convidados.

Chiquito e Ramón também frearam seus veículos a certa distância e se estudaram por um instante. O primeiro tinha a seu lado uma Silvia Balero estropiada e atordoada feito um zumbi. Do outro, viam-se apenas os olhos pela meia-lua estreita acima da tromba de seu tatu sobre rodas. Por fim, o caminhoneiro abriu a portinhola, pôs uma perna para fora... Os olhos de Ramón desapareceram da fenda e, pouco depois, ele saía pela traseira. Aproximaram-se sem deixar de se olhar.

– Boa-tarde – disse Chiquito. – Tenho que lhe pedir um favor, se vai para Pringles: leve esta senhorita. Ela teve um acidente e daqui é difícil de conseguir transporte.

– E o senhor?

– Sigo para o sul. Vou buscar um carregamento, estão me esperando desde esta manhã em Esquel. Já estou atrasado.

– Mas depois volta, e certamente terá lugar para ela.

– É que a senhorita tem a maior urgência de estar em Pringles. Vai casar amanhã, às dez.

– Vai casar?

– Foi o que me disse. Imagine seu estado. Está histérica. Não aguento mais.

– Todos temos problemas.

– Concordo. Eu também.

– Mas carregar os problemas dos outros...

– Escute, Siffoni, eu a encontrei por aí, não fiz mais do que lhe abrir a porta, não podia deixá-la no meio do campo.

– Não minta – rugiu Ramón, e tirou a máscara do bolso da camisa, para que o outro a visse. – Você a ganhou no pôquer. Ganhou de mim.

Chiquito suspirou. Na verdade ele já sabia, mas queria arriscar, de qualquer modo. Ficaram em silêncio por um momento. Ramón, mais tranquilo, propôs:

– Pode simplesmente deixá-la na beira da estrada. Alguém vai passar.

– Sim, poder, posso. Mas ela é capaz de me processar. Há o casamento. Não pode me quebrar esse galho?

– Você me conhece bem, Larralde. Não faço favores a ninguém.

Essas palavras eram uma senha. Com elas, os dois entravam em um acordo sem precisar entrar em detalhes. As cartas decidiriam. E não o assunto de Silvia Balero, que era uma desculpa, mas o outro.

Comedido, o vento trouxe de mais além do horizonte tudo o que era necessário: uma mesa, duas cadeiras, uma toalha verde, 52 cartas e cem fichas vermelhas de nácar. Sentaram. A mesa era grande demais, de uma ponta a outra eles se viam pequenininhos, com os olhos quase fechados, como dois chineses. O vento embaralhou e deu as cartas.

*Paris, 5 de julho de 1991*

Este livro foi impresso na Intergraf Indústria Gráfica Ltda
Rua André Rosa Coppini, 90 - São Bernardo do Campo - SP
para a Editora Rocco Ltda.